MARCO OTT

Was ich zurückließ

Roman

EDITION W

Mehr über unsere AutorInnen und Bücher:
www.edition-w.de

Die Deutsche Nationalbibliothek verzeichnet diese Publikation in der Deutschen Nationalbibliografie; detaillierte bibliografische Daten sind im Internet über http://dnb.d-nb.de abrufbar.

FSC
www.fsc.org
MIX
Papier | Fördert gute Waldnutzung
FSC® C014889

ISBN 978-3-949671-11-1

Umschlaggestaltung: Michaela Spohn Design
Satz: Publikations Atelier, Weiterstadt
Druck und Bindung: Pustet, Regensburg
Printed in Germany

EDITION W

an meine Mutter
und meinen Vater

Wir sitzen zu dritt vor der großen Windschutzscheibe des Miettransporters, und die Ankündigungstafeln der A2 fliegen im Minutentakt über unsere Köpfe hinweg. Wir reichen uns Apfelschorleflaschen und Müsliriegel, süßliches Aroma breitet sich im Innenraum aus, die Verpackungen knistern in unseren Händen. Am Kreuz Dortmund-Nordwest erscheint zum ersten Mal der Ort mit einer dreistelligen Zahl dahinter. »Wenn wir weiter so gut durchkommen, sind wir vielleicht schon eine halbe Stunde eher da.« Mittlerweile haben wir uns an das Klappern im Laderaum gewöhnt, blicken einander nicht länger besorgt an.

Wir lassen das Ruhrgebiet hinter uns, fahren durchs Münsterland, den Teutoburger Wald und über das Wesergebirge nach Brandenburg. Von den erhöhten Sitzen aus schauen wir neugierig ins Innere der vorbeiziehenden Autos, vertreiben uns die Zeit damit, die Ortskürzel auf den Nummernschildern zu entziffern – bis wir vom Stadtverkehr ausgebremst werden. Auf einmal sind wir ganz still. An einer roten Ampel beugen wir uns vor und zeigen in die Ferne auf einen nebligen Umriss am Horizont. »Ist das der Fernsehturm?«

Nachdem wir meine Umzugskartons in den dritten Stock getragen haben, einer von uns stets unten wartend, damit auch ja kein Vorübergehender etwas mitgehen lässt, besichtigen wir die Sehenswürdigkeiten. Mit der Digitalkamera fotografieren wir einander vor dem Brandenburger Tor, der

Siegessäule, den bunt bemalten Mauern der East Side Gallery. Zu schüchtern, um einen Fremden anzusprechen und nach einem Foto zu fragen, sind immer nur zwei von uns zu sehen.

Im Netto gegenüber meines neuen Zuhauses kaufen wir Lebensmittel und stapeln mein Kühlschrankfach voll. »Damit solltest du erstmal über die Runden kommen.« Als es zu dämmern beginnt, winke ich euch zum Abschied. Ich drehe mich um, verschwinde im Treppenhaus und warte nicht auf eure Abfahrt.

Es ist inzwischen fast neun Jahre her, seit ich euch verlassen habe. Die Zusage für das Zimmer in der Wohngemeinschaft, zwei Wochen später die Sachen gepackt und in die Hauptstadt abgehauen – ihr habt recht, mein Auszug glich einer Flucht. Sechs Autostunden, weiter hätte ich mich kaum entfernen können, ohne das Land zu verlassen. Drei Umzüge in drei verschiedene Städte später habe ich mich euch räumlich angenähert, doch die Distanz zwischen uns bemisst sich nicht länger in Kilometern.

Bei meinen Besuchen scheint uns kaum mehr zu verbinden als der vertraute Ton unserer Stimmen, das Gebrauchen einer Redewendung, die Erinnerung an gemeinsame Erlebnisse. Das Ticken eines Uhrzeigers markiert die Stille zwischen uns. Wir blättern in der Reklame, schalten das Radio ein, um unser Schweigen zu verdecken. Meint ihr das, wenn ihr von mir als eurem verlorenen Sohn sprecht?

Ich schreibe euch, weil ich aufgebrochen bin, um in eine andere Welt überzuwechseln. Auf dem Weg musste ich euch von mir weisen, und mit euch eine ganze Kultur. Ich lernte, mich anders zu kleiden, anders zu denken und zu sprechen.

Lange maß ich meinen Fortschritt am Abstand, den ich zwischen uns brachte. Jeder Schritt weg von euch bedeutete einen Schritt näher in Richtung meines neu entworfenen Selbst.

Erinnert ihr euch an die Beerdigung? Bei Kaffee und Kuchen saßen wir danach an zusammengeschobenen Tischen, umringt von lange nicht gesehenen Verwandten. Sie konnten es nicht glauben. »Was, das ist euer Sohn, der Marco? Verkackeiert uns nicht.« Es hat mir geschmeichelt und mich gleichzeitig getroffen.

Papa, vor Kurzem hast du mir ein Foto von uns dreien geschickt. Der Größe nach aufgereiht, stehen wir unter den ausladenden Ästen einer Eiche, die Arme um unsere Taillen geschlungen. Wir haben uns rausgeputzt für meine Kommunion, tragen Hemd und Krawatte, Kleid und Perlenkette. Wir sehen glücklich aus mit unseren unverbrauchten Gesichtern. Unter dem Foto steht *Erinnerst du dich noch? Klar erinnere ich mich*, habe ich so beiläufig wie möglich geantwortet.

Tage später denke ich noch immer an dieses Foto, betrachte es gelegentlich auf meinem Handybildschirm und frage mich, wer ich für euch geworden bin. Deine Nachricht hat eine Flut von Erinnerungen zurückgebracht, die ich in mir vergraben geglaubt habe. Es ist wahr, trotz der Beiläufigkeit: Ich habe euch und Dinslaken verlassen, aber ihr habt mich nicht verlassen.

Ich denke oft an den orangefarbenen Nissan Micra, dieses nicht zu übersehende Auto, das niemand haben wollte in dieser Farbe und daher so günstig war. Dieses Auto, das meine Mitschüler immer Sardinenbüchse nannten und für das ich mich schämte, wenn du mich von der Schule abholtest, Mama. Dieses Auto, das jeden Dienstag und Freitag in einer schicken Einfamilienhaussiedlung stand und nicht vor unserer Mietwohnung, und über das ich ständig ausgefragt wurde.

Ich log und erzählte ihnen nichts von der Zeitung, die du auf dem Küchentisch ausgebreitet hattest. Wie du die Seiten überflogst auf der Suche nach Stellenangeboten. Dass du nach der Elternzeit nicht zurück ins Berufsleben fandest und dich auf Anzeigen meldetest, in denen bürgerliche Leute mit Wohnzimmern so groß wie unsere gesamte Wohnung nach Putzhilfen suchten. Um dich vom Jobcenter nicht zermürben zu lassen, um den Schikanen deiner Sachbearbeiterin zu entkommen. Du tatest es auch, um mir den Nachhilfeunterricht in Mathematik zu ermöglichen.

Ich erinnere mich an unzählige Male mit euch auf dem Weg in den Sommerurlaub an die Ostsee. Stundenlang konnte ich auf die vorbeiziehende Landschaft schauen, ohne ein Wort zu sagen. Mein Blickpunkt überall und nirgends, manchmal sprang er kilometerweit über die Leitpfosten wie in Trance. Aus den Lautsprechern die Musik einer selbst gebrannten CD mit Liedern mehr oder weniger legal aus dem Internet geladen, darunter auch der Steuersong von Elmar Brandt. Ein Blick in den Rückspiegel, ein Umdrehen zur Rückbank. Eine Hand erschien zwischen den Sitzen mit einer Auswahl an Süßigkeiten. »Lebst du noch?«

Ich erinnere mich an den Anruf. »Was soll ich mitgehen lassen haben?«, riefst du in den Hörer und senktest dann die Stimme, schirmtest die Sprechmuschel mit deiner vorgehaltenen Hand ab. Ich horchte auf dein Flüstern, griff zur Fernbedienung und drückte die Taste mit dem durchgestrichenen Lautsprecher. Während Amy Winehouse mit ihrem geschwungenen Lidstrich in die Kamera schaute und stumm die Lippen bewegte, trafen sich unsere Blicke, und du zogst dich zurück ins Schlafzimmer und machtest die Tür hinter dir zu.

Zwei Stunden später ein weiterer Anruf, diesmal demonstrativ auf Freisprechen gestellt. Es tue ihnen wirklich sehr leid, die Tochter habe sich die Brosche ausgeliehen, ohne Bescheid zu sagen. Wirklich blöd gelaufen. Ob du nicht noch dein Geld vom letzten Mal abholen wollest? Du schwiegst und ließt den Hörer sinken, dann legtest du auf.

Ich erinnere mich an unsere Fernsehabende, wie wir vom Wohnzimmersofa aus die Welt bereisten und die gekrümmten Dachschalen des Sydney Opera House bestaunten, die Glaspyramide im Innenhof des Louvre, die palmenbestandenen Sandstrände auf Mauritius mit dem türkisblauen Wasser. Wir amüsierten uns über die Sprüche Günther Jauchs und rätselten mit den Kandidaten von *Wer wird Millionär?* um die richtige Antwort. »Hab ich's doch gewusst«, sagten wir, hatte einer von uns die richtige Antwort vorausgesagt.

Wie wir in den Werbeunterbrechungen miteinander käbbelten und uns gegenseitig an den Füßen killerten, Papa. Bis wir plötzlich innehielten und uns wortlos verbündeten. Wir stürzten uns auf dich, Mama, und du kreischtest vor Lachen, ehe wir dich überhaupt berührten.

Ich erinnere mich an den letzten Tag meines Praktikums bei Haus & Grund, wie ich all meinen Mut aufbrachte und dem

Abteilungsleiter deine Situation schilderte mit seit Wochen zurechtgelegten Worten und ihn fragte, ob nicht eine Stelle als Schreibkraft für dich frei wäre. Wie er mir in die Augen schaute und schwieg, die Hände auf dem Tisch gefaltet.

»Warum ist deine Mutter denn so lange arbeitslos, will sie gar nicht arbeiten?« Eine seiner Brauen hob sich zu einem fragenden Bogen. Er nahm einen losen Papierstapel zur Hand und klopfte ihn zurecht, stieß einen gedehnten Seufzer aus. »Sag ihr doch, dass sie nächsten Montag mal zum Vorstellungsgespräch vorbeikommen kann. Wir suchen tatsächlich jemanden, Frau Leschinsky hört ja bald auf, wie du weißt. Aber versprechen kann ich natürlich nichts.«

Wie du tatsächlich dort angestellt wurdest, Mama. Dein Blick auf mich eine Mischung aus Dankbarkeit und Erstaunen, als würdest du deinen Sohn zum ersten Mal wirklich sehen. In einem Nebensatz hattest du es anklingen lassen und nicht damit gerechnet, dass ich ihn tatsächlich fragen würde.

Ich erinnere mich an den Unfall. Die Sonne schien auf das Autodach, mein Gesicht kühl und das Haar zerzaust im Fahrtwind der runtergekurbelten Fensterscheibe, als wir über die grüne Ampel einer Kreuzung fuhren, und ein Auto ungebremst in unsere Beifahrerseite krachte.

Wir hatten Glück und blieben unverletzt, doch der Urlaub war kein Urlaub mehr. Wir standen vor dem Wrack, das Augenblicke zuvor noch unser Auto gewesen war, das Blech der Karosserie einseitig zu einer Masse zerknautscht, und die Arme hingen ungläubig an unseren Seiten. Die Frau am Steuer des anderen Autos trat auf uns zu, das Gesicht kalkweiß und ihre Augen verquollen von einem Allergieanfall.

Der Himmel eine Kuppel aus Blau, ohne eine Wolke in Sicht. Ihr hattet die Raten noch nicht abbezahlt.

Ich denke oft an die Monatsenden, an denen wir gebratene Nudeln zu Abend aßen. Du verfeinertest sie mit Zwiebeln und Gewürzen, richtetest das Essen akkurat auf dem Teller an, Papa. Vor meinen Augen streutest du Röstzwiebeln darüber, so dass es mir gar nicht vorkam wie eine Entbehrung. Sie schmeckten fast so gut wie die Nudeln vom China-Imbiss, die du nachzumachen versuchtest.

Diese Worte sind der Versuch einer Annäherung aus der Distanz. Über den Umweg des Schreibens versuche ich euch zu erreichen und in jene Zeit zurückzukehren, in der wir untrennbar miteinander verbunden waren, und die ich so lange aus meinem Gedächtnis zu streichen versucht habe. Dafür werde ich die Menschen, Orte und Dinge wachrufen müssen, die ich weiterhin in mir trage. Vielleicht kann ich auf diese Weise aufdecken, was uns auseinanderbrachte. Vielleicht kann ich auf diese Weise wiederbringen, was ich zurückließ.

Da ist sie, die Kurt-Schumacher-Straße. Vom Stadtzentrum kommend, schlängelt sie sich vorbei an zwei Seniorenheimen und einer Edeka-Filiale neben Mietwohnungsblöcken aus rotem Backstein, und mündet in das Gewerbegebiet Süd.

Hinter dem Kreisverkehr reihen sich rechts dreistöckige Sozialbauten auf, die Anfang der Neunzigerjahre hochgezogen wurden. Sie sind ebenfalls aus rotem Backstein. Zwei Häuser nebeneinander, Wand an Wand, das hintere etwa zwei Meter versetzt mit identisch angeordneten Parkplätzen und Garagen. Auf den Wiesen zwischen den Reihen stehen drei Meter hohe Schwarzerlen, es gibt Sandkästen und zur Wiese hinausgehende Terrassen und Balkone. Am Ende dieser Siedlung befindet sich das Haus mit der Nummer 208. Wir haben sechzehn Jahre hier gewohnt.

Ich bin sechs Jahre alt und stehe Hand in Hand mit euch in der Einfahrt vor einem gelb glänzenden Kleinbagger, die durchgescheuerte Stelle meiner Jeans ausgebessert mit einem Fußballflicken. Ich schaue dem Mann im Führerhaus dabei zu, wie er mit hell hervortretenden Knöcheln einen Hebel bedient und die Schaufel, auf die eure Zeigefinger gerichtet sind, ein ums andere Mal in die Erde wuchtet. Für mich steht fest, ich möchte später einmal Baggerführer werden. So eine Maschine zu steuern, das muss verdammt viel Spaß machen.

»Denk da lieber nochmal drüber nach, wenn du groß bist. Wenn du gut in der Schule bist, kannst du auch ganz was anderes werden.«

Neben uns im Erdgeschoss wohnt Familie Bauer, ein dickbäuchiger Mann und eine abgemagerte Frau, die trotz ihrer so gegensätzlichen äußeren Erscheinungen der mürrische Ausdruck auf ihren Gesichtern eint. Jeden Freitag machen sie ihren Großeinkauf, und wenn Herr Bauer sich mit den prall gefüllten Tüten mühsam durchs Treppenhaus bewegt, riecht es dort noch Stunden später nach seinem beißenden Rasierwasser und der abgestandenen Luft aus ihrer Wohnung. Die Fenster sind immer geschlossen und die Rollos heruntergelassen, nur ein kleiner Spalt versorgt sie mit Tageslicht.

Wann immer ich versehentlich einen Fußball auf ihre verwaiste Terrasse kicke, fürchte ich, die Rollos könnten hochgerissen werden und Herr Bauer plötzlich vor mir stehen mit vorgeschobenem Unterkiefer.

Mama, morgens kommst du an mein Bett, berührst meine Schulter und flüsterst mir zu. Nachdem du das Zimmer verlassen hast, ziehe ich die Decke wieder übers Kinn. Dein Umriss erscheint erneut im hellen Rechteck der Tür, und du empörst dich über meine Schläfrigkeit, malst Szenarien aus, in denen ich den Bus verpasse. »Wenn du weiter so rumklüngelst, dann musst du selber sehen, wie du zur Schule kommst.« Ich strampele die Decke beiseite, reibe den Schlaf aus meinen Augen und laufe in die Küche, meine Fußsohlen kleben am PVC und lösen sich mit einem Schmatzen. Ich setze mich an den Tisch, gieße Milch aus dem Mund einer Porzellankuh über die Schoko Chips, und sie färbt sich braun wie Kakao.

Während meine zu kurzen Beine in der Luft baumeln, tauche ich den Löffel in die Schale und versuche die Rätsel auf der Packungsrückseite zu lösen.

Am ersten Samstag im Monat fahren wir ins CentrO. Wir schlendern durch die Galerie und von einem Geschäft zum nächsten, betrachten unter Glaskästen ausgestellte Armbanduhren, besprühen unsere Handgelenke mit Parfüm. Wir greifen nach Etiketten und suchen sie nach Reduzierungen ab, um herauszufinden, ob ein Ding uns gefallen darf oder nicht. Eingehüllt in die gedämpften Geräusche und die lauwarme Luft legen wir auf den Bänken rund um die Springbrunnen Pausen ein. In meiner Hand ein Becher MonsterSlush, meine Zunge blau vom Farbstoff.

In der Coca-Cola-Oase essen wir bei Mr. Chen vom Mittagsbuffet – das ist unser Ritual. Wir schaufeln unsere Teller voll mit allerlei Köstlichkeiten, bis wir uns sicher sind, dass man an uns kein Geschäft gemacht hat. Neben unserem Tisch ein Aquarium, in dem rot gescheckte Kois ihre Bahnen schwimmen. Wir brechen unsere Glückskekse entzwei und lesen uns vor. *Ein Wort wird eine Brücke bauen.*

Meine Pausenstullen liegen in einer hellblauen Tupperdose auf der Arbeitsplatte zusammen mit einem Trinkpäckchen und Apfelschnitzen. Ehe ich mein Proviant im Tornister verstaue zwischen den Schnellheftern mit den mehrmals beschrifteten Pappstreifen und der zerknickten Klarsichtfront, werfe ich einen Blick in die Dose und vergewissere mich, ob die Stullen belegt sind mit Pfefferrandsalami. Dann stapfe ich zur Bushaltestelle.

Im Winter löst du noch schnell die Kristalle meines Handwärmers in einem Topf mit siedendem Wasser. Ich trete aus dem Haus und knicke das Metallplättchen, und der Eisbär wird fest und warm, mein Atem eine Dunstwolke im Schein des Laternenlichts.

Im Nebenhaus wohnt der Alki. Er lehnt bei offen stehender Heckklappe häufig an seinem Auto, eine Bierflasche an den Lippen. Die freie Hand in die Hüfte gestützt, verfolgt sein Blick uns beim Vorübergehen noch, als wir sein Blickfeld längst verlassen haben. Er sagt nie ein Wort zu uns, und doch scheint er uns anzuschreien in einer Sprache jenseits der Worte. Gelegentlich stelle ich mir vor, wie er nicht uns nachblickt, sondern seiner toten Frau und der verlorenen Stelle.

Eines Tages entdecken wir eine Delle in der Beifahrertür deines Autos, Mama. Unserer Vermutung nach kann es nur der Alki gewesen sein: Er wollte wie üblich die Abkürzung durch das Gestrüpp nehmen zum Parkplatz der angrenzenden Schrebergärten, vorbei am Grab eines unserer Wellensittiche, kam aber nicht am Außenspiegel vorbei und schlug aus Frust gegen das Blech. Über seinen Sohn mutmaßen wir, er wohne im Keller inmitten der nackten Betonwände. Warum sonst brennt dort spätabends noch Licht?

Wenn ich von der Schule nach Hause komme, steht das Essen vom Vortag in der Mikrowelle bereit. Ich stülpe den Plastikdeckel über den Teller, und während er auf der Glasschale kreist, fülle ich den Wasserspender der Wellensittiche auf und hänge einen Hirsekolben in den Käfig. Sie springen aufgekratzt von Stange zu Stange, durch ihre Flügelschläge werden die Federn aufgewirbelt und verteilen sich auf dem Küchenboden – sie sind mal wieder in der Mauser. Wir essen gemeinsam zu Mittag. Dann öffne ich das Törchen, setze mich mit meinen Hausaufgaben vor den Fernseher und achte darauf, dass Tweety nicht wieder an den Pappkartons auf der Schrankwand knabbert.

Mein Klassenlehrer Herr Brodde steht an der Tafel und zeigt auf die Buchstaben des Alphabets, er zeigt auf die Zahlen von eins bis hundert. Er diktiert uns Sätze, und während ich über die richtige Schreibweise eines Wortes grübele und versuche, die Tinte mit meiner linken Hand nicht zu verwischen, wandert mein Blick rüber zu meinem Sitznachbarn Philipp. Über sein liniertes Heft gebeugt, führt er in der schnörkeligen Handschrift eines beinahe Erwachsenen mühelos und ohne zu zögern seinen Lamy mit Namensgravur über das Papier. Er dreht sich weg und schirmt sein Heft mit dem Arm ab. Wie durch ein Wunder konnte er schon lesen und schreiben und rechnen, bevor die Schule überhaupt begonnen hatte.

Nach der Grundschule trennen sich unsere Wege. Während Philipp eine Empfehlung fürs Gymnasium bekommt, gehe ich auf die Gesamtschule. Ihr versucht mir Anreize zu geben. »Wenn du in der nächsten Mathearbeit eine Zwei schreibst, kriegst du fünf Euro von uns.« Es nützt wenig. *Die Leistungen im Lernbereich Lesen sind nicht durchweg gut, Marco muss hier also weiterhin viel üben. Er schreibt seine Geschichten der thematischen Vorgabe entsprechend auf, muss sich aber noch um eine detailliertere und lebendigere Ausgestaltung bemühen. Die Leistungen im Rechtschreiben schwanken. Je nach Übungsaufwand können sie auch besser als ausreichend sein.*

An manchen Wochenenden machen wir einen Ausflug zu Möbel Höffner. Wir spazieren durch die Stockwerke, vorbei an Schlafzimmerattrappen und durch ein Meer aus grell leuchtenden Deckenlampen. Wir setzen uns auf Massagesessel, streichen mit unseren Händen über die blanken Oberflächen der Küchenzeilen, und ich klettere auf Hochbetten. Für Augenblicke tun wir so, als gehörten all diese Dinge tatsächlich uns.

In der obersten Etage angekommen, schieben wir unser Tablett über die Metallstreben und bedienen uns an den Auslagen. Wir essen günstig zu Mittag mit unserem Gutscheinbogen aus der Reklame und kramen unsere neuen Anschaffungen (einen Seifenspender, Duftkerzen, eine Dekovase) aus der Plastiktüte hervor. Manchmal kaufen wir Dinge, die wir uns nicht leisten können, ein Sofa oder einen Schwebetürschrank, und zahlen in monatlichen Raten. »Man muss sich auch mal was gönnen.«

Zum Abschluss der vierten Klasse schreibe ich für die Klassenzeitung über unsere Fahrt nach Burg Blankenheim. Wie wir bunt verzierte Schwerter und Schilde aus Pappe bastelten, während der Nachtwanderung leuchtende Lampions vor uns hertrugen, und wie Kai sich nachts auf dem Weg zur Toilette verlief und wie ein Gespenst durch die Flure geisterte. Du korrigierst meinen Text auf Rechtschreibfehler und Grammatik, fügst eigene Sätze hinzu und tippst ihn auf dem Computer ab.

Am letzten Schultag werden die gedruckten Exemplare verteilt, gemeinsam blättern wir hinein und sind verwirrt. Die Beiträge der anderen sind handgeschrieben und wurden von den Eltern so belassen mit allen Fehlern und Eigenheiten.

In der Tagesschau steht Gerhard Schröder am Rednerpult und gestikuliert wild mit den Händen. »Wer arbeiten kann, aber nicht will, der kann nicht mit Solidarität rechnen. Es gibt kein Recht auf Faulheit in unserer Gesellschaft!« Applaus bricht aus, die Menge erhebt sich, Politiker schütteln Hände und klopfen sich gegenseitig auf die Schultern. Ich bemerke, wie ihr euch unruhig auf dem Sofa hin und her bewegt.

In den folgenden Wochen und Monaten gehen die Menschen zu Tausenden auf die Straße und blasen in Trillerpfeifen, halten Plakate mit wütenden Aufschriften hoch. Eines Tages musst du beim neu eingerichteten Jobcenter vorstellig werden, Mama. Mit zittriger Stimme liest du uns später aus den Unterlagen vor. Dabei benutzt du Worte, deren Bedeutung sich mir nicht erschließt: *Abschaffung der Arbeitslosenhilfe. Lockerung des Kündigungsschutzes. Einbehalt des Arbeitslosengeldes, bis das Privatvermögen verbraucht ist. Zumutbarkeit jeder nicht als sittenwidrig geltenden Arbeit, ungeachtet der Qualifikation oder der Garantie auf existenzsichernden Lohn.* »Noch können wir das.« »Bald können wir das nicht mehr.« Von einem Tag auf den nächsten enden unsere samstäglichen Streifzüge.

Abends warte ich auf deine Rückkehr von der Arbeit, Papa. Als das Band der Hörspielkassette ausgelaufen ist, schaue ich auf die neongrün in der Dunkelheit schimmernden Klebesterne an der Decke, knibble an der Kante zwischen den Tapetenbahnen. Ich horche auf das Geräusch eines parkenden Autos, das Surren der Schaltuhr im Treppenhaus, das Klimpern eines Schlüsselbunds, das Scharren von Schuhen auf der Fußmatte. Die Türklinke wird runtergedrückt, ein Lichtstreifen flutet mein Zimmer. Ich tue so, als schliefe ich bereits, und du schaltest das Kassettenradio aus, schleichst an mein Bett und gibst mir einen Gutenachtkuss auf die Wange. Erst dann schlafe ich ein.

Schon früh lerne ich die Worte Frühschicht, Mittagsschicht, Nachtschicht. Überstunden. Nachtzuschlag. Feiertagszuschlag. Manchmal sehe ich dich nur an Wochenenden, und wenn du morgens übermüdet von der Arbeit nach Hause kommst, ist die Kleidung über der Stuhllehne am Esstisch das einzige Zeichen deiner Anwesenheit.

Deine Kleidung dient als Aufforderung, mich leise durch die Wohnung zu bewegen, aber ich kann mich nicht immer beherrschen. Stattdessen renne ich mit einem kleinen Ball und Stoppersocken an den Füßen durch die Zimmer und weiche gekonnt den Hindernissen aus. Einem Stuhlbein, herumstehenden Schuhen, dem Kabel unseres Modems. Ich mache Ausfallschritte und Übersteiger, bis ich mich vor Erschöpfung auf den Boden fallen lasse und meinem Herzschlag lausche. Er pocht gegen den Boden, und als er sich endlich beruhigt hat, stehe ich auf und stopfe mir Fruchtgummis aus der Naschdose in den Mund. Ich mache weiter und flüstere dabei die Namen meiner Lieblingsspieler.

Manchmal höre ich hinter der dünnen Pressholztür ein Seufzen im Schlafzimmer, dann überkommt mich ein schlechtes Gewissen. Bin ich zu laut gewesen und habe dich geweckt?

Du fährst mich zum Training und holst mich auch wieder ab. Bei Spielen lehnst du am Geländer und schaust zu – das tun nur die wenigsten Väter. Du bist von meinen Fähigkeiten überzeugt. »Du hast Talent, das sieht doch ein Blinder mit

Krückstock. So gut wie du mit dem Ball umgehst, das kann keiner aus deiner Mannschaft. Bist halt ein Naturtalent, und dazu noch Linksfuß. Genau wie ich damals.«

An manchen Wochenenden gehst du mit mir auf den Sportplatz, baust Hütchen auf, die ich im Slalom umdribbele, bis mir schwindelig wird von den vielen Richtungswechseln. Du zeigst mir, wie ich mich im Zweikampf zu verhalten habe, Schulter an Schulter rangele ich mit dir um den Ball. Du bist zwei Köpfe größer als ich, wiegst mindestens das Doppelte, und ich muss dich buchstäblich anrempeln, erst dann bist du zufrieden. »So ist gut, immer schön den Körper einsetzen«, sagst du. »Das ist kein Foul, solange du den Arm angelegt hast – nur Körper. Und lass die Schultern nicht immer so hängen. Das sieht aus, als hättest du gar keine Lust.«

Wenn wir Urlaub an der Ostsee machen, treibe ich auf einer Luftmatratze über das Meer, eure wachsamen Augen auf mich geheftet. Der süßliche Duft von Sonnencreme, das Brennen unter den Fußsohlen im glühenden Sand auf dem Weg zum Eiswagen, eine Münze des neu eingeführten Euros mit einer aufgeprägten Zwei in meiner zur Faust geballten Hand – die schmelzenden Kugeln tropfen schneller an der Waffel runter, als meine Zunge sie auflecken kann. Die Reibung der feinen Sandkörner zwischen Badeschlappen und Fußrücken, die Haut wund gescheuert und der Gurt unserer Kühltasche um meine Schulter gelegt. Deine langen Arme, die nach mir greifen und mich auf deinen Rücken bugsieren. Die aufgeheizte Luft im Innenraum des Autos wie Watte in der Lunge. Unsere Ferienwohnung kilometerweit von den Dünen entfernt.

Das Rückenteil des Strandkorbs auf die letzte Arretierung gestellt, kannst du ewig in der Sonne liegen, und wendest deinen Körper im Intervall deiner inneren Uhr. Nur um rot anzulaufen wie ein Krebs und Wochen später deine sich pellende Haut abzuziehen. Du gehst nie weiter als bis zu den Knien ins Wasser – wenn überhaupt. Du hast nie schwimmen gelernt. Stattdessen modellierst du mit meiner Hilfe Sandhaufen zu Schildkrötenpanzern oder buddelst Löcher, in die ich versinke bis zum Hals, mein Körper fest umschlossen von der kühlen Erde.

Mama, auch du holst mich gelegentlich vom Training ab. Dann fahren wir zu Burger King an den Autoschalter, die grelle Leuchtreklame unser Wegweiser. Du reckst deinen Hals aus dem Fenster und rufst unsere Bestellung in die Sprechanlage, und ich sage dir, ich weiß nicht wie oft, du musst nicht so schreien. Du nimmst die braune Papiertüte entgegen, zählst noch schnell das Wechselgeld, und schon breitet sich der Geruch von King Wings im Innenraum aus, meine Finger bald glänzend vom Fett. Bei dir darf ich im Auto essen, und meist überlasse ich dir einen Bissen.

Ein beleidigender Zungenbrecher macht die Runde, in den sich bestens der Vorname unseres Trainers einbinden lässt. In der Kabine flüstern wir ihn uns zu, bis Torben und Henning sich verschwörerisch anblicken, wie sie es bereits getan haben, als ich mit einer Kopie des Nationaltrikots zum Training erschienen bin. Wegen des grob gestickten Wappens haben sie mich gehänselt – obwohl Torben auch nicht die neusten Trikots trägt. Seit ich mitbekommen habe, wie er in der Dusche sein blaues Highspeed heimlich in eine leere Powerade-Flasche gefüllt hat, will er mir eins reinwürgen. Als wir im Kreis zusammenstehen, räuspern sie sich.

»Weißt du, was der Marco gesagt hat?«

»Ne, was denn?«

»Der hat deinen Namen in einen Zungenbrecher eingebaut, der fängt ja auch mit D an.«

»Ach ja?«

»Soll ich mal vormachen, was der gesagt hat?«

Der dicke doofe Dirk sieht mich an mit hochrotem Kopf, keine Sekunde kommt ihm die Abwegigkeit dieser Beschuldigung in den Sinn, und danach lässt er mich bei Spielen oft auf der Bank sitzen und sieht genüsslich dabei zu, wie sich der schweigsamste Junge der Mannschaft weiter in sich zurückzieht.

Zu dieser Zeit hast du dem Jobcenter bereits den Rücken gekehrt. Unterlagen waren verschwunden, und du wurdest dafür verantwortlich gemacht.

»Dabei habe ich die doch sogar persönlich vorbeigebracht, sind aber angeblich nie angekommen. Ob ich mir denn keinen Stempel geben lassen habe, als Beweis? Was für einen Stempel, habe ich da gefragt. Davon hat mir niemand was gesagt.« Du greifst zum Besteck, zermatscht die Kartoffeln auf deinem Teller mit den Gabelzinken zu Brei. »Dabei hätte mich doch jemand darauf aufmerksam machen können, ich war ja da, habe mit einer Person am Empfang gesprochen.« Du hättest etwas mehr Eigeninitiative zeigen müssen, wurde dir erwidert, man könne die Antragsteller schließlich nicht auf alles hinweisen. Das stehe so schließlich auch im Gesetz.

»Es ging ja bloß um die fehlende letzte Seite des Steuerbescheids, auf der eigentlich gar keine relevanten Informationen stehen. Ich habe dann vorgeschlagen, die Unterlagen am selben Tag noch vorbeizubringen. An mir sollte es nicht scheitern. Die Frist ist abgelaufen, hat sie da nur gesagt. Und dann: In dem Fall bleibt uns nichts anderes übrig, wir sind hier ja auch weisungsgebunden, verstehen Sie? Da hat sie mir den Regelsatz für die nächsten drei Monate wegen mangelnder Mitwirkung einfach um zehn Prozent gekürzt.« Du schiebst deinen Stuhl mit einem Quietschen zurück. »Die drehen doch völlig durch, das lasse ich mir nicht länger gefallen.«

Auf der Gesamtschule lerne ich Darwin kennen. Als ich ihn das erste Mal sehe, steht er allein auf dem Hof, die Hände in den Hosentaschen. Seine Haut ist blass, die Arme und Beine dünn und äderig, und auf seinen Wangen zeichnen sich Sommersprossen ab. Ich biete ihm meine Apfelschnitze an und tausche sie wenig später gegen seine Soft Cakes. Er trägt den gleichen markenlosen Tornister wie ich, und wir sind sofort Freunde.

Er ist es, der mich dazu bringt, ebenfalls gute Noten schreiben zu wollen. Aus dem Schreiben von Klassenarbeiten machen wir einen Wettbewerb, und schon bald bessert sich mein Notenschnitt, was entscheidend ist in diesen Jahren, in denen weiter ausgesiebt wird: In Grundkurse und Erweiterungskurse eingeteilt entsprechend der Noten, werden hier die Weichen gestellt für den später möglichen Abschluss. So sehr ich mich auch anstrenge, an Darwin komme ich nie ganz heran.

»Warum wirst du nicht Trainer?«, frage ich dich im Auto auf dem Weg vom Sportplatz zurück nach Hause. »Du wärst ein super Trainer.« Du weichst meinem Blick aus. »Ich hab keine Zeit dafür, Sohnemann. Ich muss doch arbeiten. Und mit der

Wechselschicht geht das schon mal gar nicht. Da müsste ich schon mit einem Co-Trainer zusammenarbeiten, der mich unterstützt.« Ich nicke und schaue auf meine zwei Daumenbreit zu groß gekauften, silberglänzenden Nike Total 90 aus dem Lagerverkauf, die Nähte rot verfärbt von der Asche. Ohne ein weiteres Wort zu sagen, greifst du zum Schalthebel, trittst die Kupplung und legst den nächsten Gang ein.

Beim Wechsel in die D-Jugend versuche ich mein Glück beim angesehensten Verein in der Umgebung. Das Probetraining erstreckt sich über zwei Wochen, und nach jeder Einheit werden etliche Jungen aussortiert. Wir laufen um die Aschenbahn und atmen den aufgewirbelten Staub ein, bis wir Seitenstiche bekommen, stehen in abgesteckten Quadraten und spielen Doppelpass, dribbeln zum Sechzehner und schießen von der Strafraumkante aus aufs Tor. Neongelbe Leibchen werden verteilt, und unter den prüfenden Blicken der Trainer beginnt das Abschlussspiel.

Am letzten Tag stehe ich im Schein der Flutlichtmasten umzingelt von meinem aufgefächerten Schatten. Mein Name wird als einer der ersten aufgerufen, und plötzlich gehöre ich zu den Auserwählten. Auf dem Weg zur Kabine ruht deine Hand schwer auf meinem Nacken, mein Sichtfeld verschwommen von salzigen Tropfen. »Hab doch immer gewusst, was in dir steckt, Sohnemann.«

Herr Rübel schreibt den Notenspiegel an die Tafel. Er schlendert durch die Reihen und verteilt die Klassenarbeiten, bleibt vor meinem Tisch stehen. Er geht in die Hocke und stützt seinen behaarten Arm auf die mit Zeichnungen beschmierte Tischplatte. »Dieses Mal war das leider nichts«, sagt er mit seiner näselnden Stimme. »Ich glaube, du hast die Aufgabenstellung einfach nicht genau genug gelesen, du solltest in deinem Brief auf die Fragen eingehen, die deine französische Tante dir gestellt hat. In ihrem Brief hat sie ja gefragt, ob du in der Schule schon Französisch hast, oder ein Haustier.« Er kratzt sich an der hohen Stirn. »Ich habe dir trotzdem eine Zwei gegeben. Ich weiß ja, dass du es besser kannst.« Er lächelt. Als er aufsteht, knacken seine Kniegelenke, und er geht weiter zum nächsten Tisch.

Abends schauen wir Schauspielern dabei zu, wie sie einander auswendig gelernte Sätze zuschmettern, wie sie Probleme vorspielen, die wir nicht haben. Ein Sohn fährt das teure Auto seines Vaters zu Schrott und versucht es zu vertuschen. Die Professorentochter belegt beim Reitturnier den zweiten Platz und steht auf dem Treppchen mit vor der Brust verschränkten Armen.

Mit einem in der Mikrowelle erwärmten Körnerkissen im Nacken gegen deine Verspannungen hältst du die Fernbedienung, die Tastenbeschriftung abgerieben und kaum noch zu entziffern vom Zappen, und bestimmst das Programm. Sie ist dir an die Hand gewachsen, worüber Mama und ich uns mal beschweren, mal amüsieren.

Mitten in der Saison wirft mich eine Verletzung zurück, und ich kann ein ganzes Jahr kein Fußball spielen. Ich verliere den Anschluss an meine Altersklasse. Unzählige Nachmittage verbringe ich beim Orthopäden, verteile glibbriges Ultraschallgel auf der Haut und drücke ein Stoßwellengerät an meine Ferse. Dabei pule ich an den dunklen, tief unter der Haut versiegelten Punkten auf meinen Knien, Narben von Stürzen auf dem Ascheplatz. Lässt die Arzthelferin mich allein in der Kabine, drehe ich den Regler auf die höchste Stufe.

Mehrmals wechsle ich den Verein, ein Jahr lang fahrt ihr mich sogar nach Essen, was je nach Verkehr eine dreiviertelstündige Autofahrt bedeutet. Meine Fähigkeiten zeigen sich noch dann und wann in einem Schnittstellenpass oder einem Weitschusstor in den Winkel, doch mehr als ein Aufscheinen ist es nicht. »Wann platzt der Knoten endlich?« Diese Frage höre ich unzählige Male von dir, Papa. Und stelle sie mir selbst noch häufiger. Bis ich das Poster von Cristiano Ronaldo endlich von der Wand nehme.

(War ich daran gescheitert, der Sohn zu sein, den du dir gewünscht hast? Rückblickend erscheint mir dieser Moment als ein Wendepunkt in unserer Beziehung. Danach waren wir nie wieder so vertraut miteinander.)

Jeden Dienstag treffe ich nach Schulschluss auf Max. Er ist zwei Klassen über mir, trägt eine Igelfrisur und sitzt im 25er immer in der hintersten Reihe. Er fährt Rennrad und gewinnt Preise bei Jugendmeisterschaften. Max und ich steigen an derselben Haltestelle aus, und auf unserem gemeinsamen Nachhauseweg führt er das Gespräch und entscheidet, worüber wir reden – falls er sich überhaupt mit mir unterhält. In seiner Hand eine gemischte Tüte von der Bahnhofsbude, aus der er sich vor meinen Augen Haifische in den Mund schiebt.

Einmal ist er mit einem Freund zusammen. Kurz bevor unsere Wege sich trennen, zeigt Max mit einer abfälligen Handbewegung auf mich. »Weißt du, wo der wohnt? Der wohnt da drüben in den Sozialwohnungen, richtig assi.« Die beiden prusten vor Lachen.

Mit den Westerheides streiten wir um den beschatteten Parkplatz vor meinem Kinderzimmerfenster. Wann immer ein dort stehendes Auto gerade wegfährt, hören wir eine Wohnungstür ins Schloss fallen, gefolgt von Schritten im Treppenhaus und dem Geräusch einer Autozündung. Sie sind mal wieder schneller gewesen als wir. »Zum Glück sind wir nicht so wie die.« Ich begegne dem Ehepaar im Rentenalter gelegentlich im Treppenhaus und bin verwirrt, wenn sie mir die Tür aufhalten, freundlich grüßen oder sogar einen kleinen Plausch zu halten versuchen. Warum tun sie so nett, da sie doch eigentlich unmöglich sind?

(Als Max und sein Freund mich ausgelacht haben, hat mir zum ersten Mal gedämmert, dass etwas nicht stimmt mit diesem Ort. Dieser Ort, an dem mich Freunde nie besuchen wollten, ich stattdessen lieber zu ihnen kommen sollte, sich manchmal sogar distanzierten, wenn sie von meinem Wohnort erfuhren. Ich habe unsere Welt plötzlich mit ihren Augen gesehen, und mich zu schämen begonnen.

Auch wir haben diesen wertenden Blick auf unsere Umgebung angewendet, um uns von dieser abzugrenzen. Mit dem Unterschied, dass wir gegen unseren Willen Teil davon gewesen sind.)

Im Nebenhaus wohnen auch die Isas – so nennen wir sie jedenfalls. Frau Isa besitzt einen Friseursalon auf der Auguststraße, und beim Vorbeifahren lassen wir uns gelegentlich über die Schaufensterdekoration aus. »Guckt mal, das sieht doch wirklich nicht einladend aus. Würdet ihr da hingehen und euch die Haare schneiden lassen? Ich bestimmt nicht.« Mit zusammengezogenen Brauen blicke ich auf das mit einer Spitzengardine verhangene Schaufenster, die von der Sonne ausgeblichenen Fotodrucke von Haarmodellen, und schüttle den Kopf. Ganz sicher würde ich da nicht hingehen und mir die Haare schneiden lassen, so altbacken wie es dort aussieht.

An einem Wochenende nach dem Vorfall mit Max lade ich Mitschüler zu einem Videospielabend ein. Ihr seid auf einer Familienfeier, und im Laufe des Abends mischen sich in das anfängliche Schweigen die spöttischen Kommentare. Manch einer lacht über die niedrige Decke und das fensterlose Badezimmer, die winzig kleine Terrasse, abgeschirmt von einer Wand aus Pflanzringen, die du im Schutz der Dunkelheit trotzig um eine Steinplattenreihe verlängert hast, Papa. Unsere zwei Quadratmeter kleine Gästetoilette, die uns als Abstellkammer dient. Den Glastisch, von mir abgedeckt mit Fernsehzeitungen aus Angst vor Kratzern. Es scheint mir, als säßen wir zu siebt in einer Art Rigipsquadrat – unserem Wohnzimmer. Die Stimmen hallen von den papierdünnen Wänden, werden geschluckt und bekommen etwas Dumpfes. »Hier wohnst du?«

(Mit sechzehn habe ich es dann verstanden. Als meine neuen Freunde aus der Oberstufe mich mit dem Auto abholen wollten, habe ich eine fremde Adresse angegeben und in einer Seitenstraße mit Doppelhaushälften gewartet.

Habt ihr auch diese Abwertung erfahren? Und wenn ja, wie seid ihr damit umgegangen? Habt ihr euch auch geschämt? Habt ihr mitbekommen, dass ich mich geschämt habe?)

Kai wohnt in einem Neubau in einer Einfamilienhaussiedlung, mit Spielzimmer im Keller und Arbeitszimmer im Dachgeschoss. Sein Vater ist Architekt, und wenn wir durch die lichtdurchflutete Wohnküche toben, vorbei an antiken Möbeln und einem Flachbildfernseher, bekomme ich gelegentlich dessen unterdrückte Wutanfälle mit. Sie lassen mich erahnen, wie heftig sie in meiner Abwesenheit ausfallen. Sein Rücken ist stets gebeugt, von der Arbeit am Schreibtisch oder etwas ganz anderem, ich bin mir nicht sicher. Trotz seiner scharfen Gesichtszüge blicken mich seine Augen freundlich an.

Wann immer ich die Gabel in der geballten Faust halte und nicht zwischen den Fingern, mit vollem Mund spreche oder meine Schuhe nicht ordnungsgemäß auf der dafür vorgesehenen Matte platziere, ernte ich ein müdes Lächeln von Kais Mutter. »Suppe isst man vom Rand aus, da ist es nicht so heiß.« Haben deine Eltern dir das nicht beigebracht, ergänze ich in Gedanken. Es muss ihr ein Rätsel sein, wie ich besser in der Schule sein kann als ihr eigener Sohn.

Ich liege bäuchlings auf der umgeschlagenen Decke im fast vollständig vom Doppelbett ausgefüllten Schlafzimmer. Die Stunden ziehen an mir vorüber, bis die Dämmerung einsetzt und die Buchstaben vor meinen Augen zu verschwimmen beginnen. »Liest du immer noch? Mach doch das Licht an.«

Ich sehe dich oft in ein Buch vertieft, Mama, und versinke nun auch in den Krimis von Henning Mankell um den mürrischen Kommissar Wallander aus dem südschwedischen Ystad, in denen es nie bloß um die Aufklärung von Verbrechen geht. Du nennst mich Leseratte, ich sei wie du und lese gerne Bücher, verkündest du vor Papa. Du machst dich über ihn lustig, wenn er mal wieder den Niederrhein Anzeiger durchblättert, ohne einen einzigen Artikel zu lesen. »Na, liest du wieder nur die Überschriften?«

Im Beisein seiner Mutter stiftet Kai mich zum Diebstahl an. Mit pochendem Herzen lasse ich eine Kaugummipackung in meiner Hosentasche verschwinden, nur um an der Kasse von einem Detektiv gestellt zu werden. Ein Grinsen zeichnet sich auf Kais Gesicht ab. »Bist wohl doch nicht so schlau, wie die Lehrer immer meinen, sonst hättest du das ja nicht gemacht.« Seine Mutter stellt mir ein Ultimatum: Ich habe eine Woche Zeit, euch den Vorfall zu gestehen. Ich traue mich nicht und hoffe, sie hätte es vergessen oder Besseres zu tun, doch auf den Tag genau eine Woche später klingelt abends das Telefon. Ihr glaubt meiner Erklärung nicht, und Augenblicke später werde ich von euch in die Badewanne gezerrt und erst mit kaltem, dann mit heißem Wasser abgebraust.

(Heute weiß ich, dass ihr gesellschaftlicher Gewalt ausgesetzt gewesen seid, und dadurch selbst eine Form von Gewalt entwickelt habt. In diesem Moment habt ihr sie an mich weitergegeben.)

Zu Beginn der siebten Klasse wechseln wir ins Hauptgebäude. Statt an Tischtennisplatten Rundlauf zu spielen, Bälle auf Körbe zu werfen oder Pflastersteine mit Kreide zu bemalen, stehen wir Neuankömmlinge an den Rändern des Pausenhofs und beobachten die außerhalb des Schulgeländes in Grüppchen zusammenstehenden Neuntklässler. Sie halten glimmende Zigaretten zwischen den Fingern, formen ihre Münder zu kreisrunden Öffnungen und blasen Rauchringe in den Himmel. Ich werde zu dem, was mich umgibt, und schließe mich der Clique um René, Dursun und Fabian an.

»Warum hängst du nicht mehr mit Darwin rum?«, fragt mich Kübra in der Fünfminutenpause. »Ihr habt doch sonst immer alles zusammen gemacht.« Sie hat mich im Flur abgepasst, die Arme vor der Brust verschränkt und die Beine überkreuzt.

»Weiß auch nicht, irgendwie haben wir nicht mehr so viel gemeinsam.«

»Ach so, und mit René und Dursun hast du viel gemeinsam? Die haben dich doch bloß in ihren Kreis aufgenommen, weil du denen nicht mehr von der Pelle gerückt bist. Meinst du wirklich, die geben einen Dreck auf dich? Die haben dich doch auch mal gemobbt, aber das hast du schon wieder vergessen. Dachte immer, du wärst einer von den Vernünftigen, aber da hab ich mich getäuscht.« Kübra pustet ihre Ponyfransen aus der Stirn, dreht sich um und geht.

Wochenlang versuche ich euch zu überreden, mir einen Dakine-Rucksack zu kaufen, wie meine neuen Freunde ihn haben – bis ihr endlich nachgebt. »Na gut, wir geben die Hälfte dabei.« Ich zerschlage mein Sparschwein und gehe zu Intersport, lege eine Handvoll Münzen und euren Zwanzig-Euro-Schein auf den Tresen. Noch in der Einkaufspassage setze ich ihn auf, lockere die Schultergurte, sodass der Rucksack mir bis zum Hintern hängt. Am nächsten Morgen gele ich mir die Haare aus der Stirn, stülpe weiße Socken über mein Hosenbein und fühle mich wie ein neuer Mensch.

Ich stehe auf dem Parkhausdach der Real-Filiale. Im fahlen Licht der Leuchtstoffröhren öffnet Fabian den Reißverschluss seines Rucksacks und reicht uns Alkopops. Ich halte den Flaschenhals an ein Einkaufswagengestell und versuche den Kronkorken mit meinem Handballen abzuschlagen. Es zischt, aber er bleibt auf der Flasche. »Was los, Marco? Wird das heut noch was?« Ich hole aus und schlage kräftiger zu. »Na endlich, Prost!« Ich setze die Flasche an, und ein Glassplitter wird in meinen Mund gespült. Um mich nicht weiter zu blamieren, schlucke ich ihn runter. Ich spüre ein Brennen in der Kehle, schmecke Metall. Als ich zu Hause bin und mir im Rausch die Zähne putze, spucke ich Blut ins Waschbecken. Ich meide mein Spiegelbild.

Herr Rübel baut sich vor der Klasse auf. »Wisst ihr eigentlich, was hätte passieren können?« Seine Stimme schlägt in einen schrillen Ton um, und wir brechen in Gelächter aus. »Einen Papierflieger anzünden und aus dem Fenster gleiten lassen, ihr habt sie doch nicht mehr alle beisammen! Stellt euch mal vor, das Gebäude wäre in Flammen aufgegangen, dann stünden wir jetzt hier, so schnell hätte die Feuerwehr gar nicht anrücken können.« Seine Wangen sind überzogen mit roten Flecken und die Adern treten blau an den Schläfen hervor. »Also, wer ist dafür verantwortlich?« Er lässt den Blick durch das Klassenzimmer schweifen. In der letzten Reihe fällt er auf mich, und seine Mundwinkel verziehen sich zu einem verkrampften Lächeln. Die Klassenarbeiten legt er nur noch wortlos auf meinen Tisch.

Nach Schulschluss schlendere ich mit meinen Freunden durch das Stockwerk der neuen Siebtklässler. Sie rempeln gegen Tornister, Körper schlagen scheppernd gegen dunkelrote Metallspinde. Gesichter drehen sich uns zu, aber niemand sagt ein Wort.

Durch die Glastüren des Foyers sehen wir Darwin an der Treppe zum Fahrradkeller stehen. Auf einmal hat unsere Wut ein konkretes Ziel. René geht auf ihn zu, reißt ihm das Schlüsselband aus der Hand, lässt es um seinen Zeigefinger kreisen. Darwin streckt die Hand aus, wird zurückgeschubst und wankt gegen Fabian, der ihn zu Daniel stößt. »Gib schon her, was soll der Scheiß!« Sein Körper wird in meine Richtung geschleudert, ich spanne reflexartig die Muskeln an und schubse ihn zurück, er taumelt und fällt dumpf zu Boden. Für einen Augenblick spüre ich seinen Schmerz. »Hast du davon, wenn du immer so ein Streber bist«, sagt René. Er hebt den Arm zum Wurf, hält in der Bewegung inne. »Was steht da eigentlich drauf?« Er betrachtet den abgeblätterten Schriftzug. »Deichmann, guckt euch das mal an!« Wir lachen. Er wirft das Band vor seine Füße, und Darwin streift es über seinen Kopf, nestelt den Schlüssel unter seinen Pullover und trottet davon.

(Meine Noten verschlechterten sich, meine damaligen Freunde hatten schließlich nichts übrig für die Schule. Ganz im Gegenteil hatten sie sich gegen sie verschworen und taten so, als würden sie sich freiwillig ausschließen. Gute Noten zu schreiben, wäre einem Verrat gleichgekommen.

Ihr hattet mit eigenen Problemen zu kämpfen. Hattet ihr die Hoffnung schon aufgegeben, ich könnte tatsächlich in die Oberstufe versetzt werden, als erster überhaupt aus unserer Familie?)

Mein Praktikum in der neunten Klasse mache ich im Vertrieb von Plasticon, einem Kunststoffhersteller im Gewerbegebiet Süd. Während der Berufewoche im Jugendzentrum P-Dorf habe ich noch angegeben, Sport- und Fitnesskaufmann werden zu wollen, doch eurem Rat folgend, schicke ich meine Bewerbungen an alle möglichen Firmen in der Umgebung. »Sei froh, wenn überhaupt jemand darauf reagiert. Heutzutage muss man nehmen, was man kriegen kann.« Ich entscheide mich für die erste Zusage.

Am ersten Tag betrete ich das Großraumbüro und werde vom schattenlos grellen Neonlicht geblendet. Ich blicke in ausdruckslose Gesichter, die sich mir nicht zuwenden, und setze mich vor ein Zeichenbrett. Am frühen Nachmittag packe ich meine Sachen zusammen. Ich gehe, wie ich gekommen bin, und auch diesmal scheine ich niemandem aufzufallen. Am nächsten Tag werde ich zum Gespräch gebeten und muss mich von nun an abmelden, bevor ich um Punkt siebzehn Uhr gehen darf. Ich habe weiterhin nichts zu tun, führe den Bleistift über das orangefarbene Gitter des Millimeterpapiers und traue mich nicht, nach einer Aufgabe zu fragen.

Darwin schlägt sich als Einzelgänger durch und sitzt weiter in der ersten Reihe. Wir gehen uns aus dem Weg, aber mich überkommt kein Schuldgefühl, schließlich gehöre ich auf dem Schulhof nun zum herrschenden Kreis – das ist alles, was für mich zählt. Doch ein Teil von mir verfolgt immer noch jede seiner Bewegungen. Seit dem Vorfall auf dem Schulgelände kommt er erst kurz vor Unterrichtsbeginn ins Klassenzimmer. Zwei Minuten vor Schulschluss packt er seine Sachen zusammen, wartet mit seinem Rucksack auf dem Schoß aufs Klingeln und flüchtet dann aus dem Raum. Seine Pausen verbringt er alleine im Foyer, über geliehene Bücher aus der Bibliothek gebeugt.

Für ein Quartal ist ein Austauschlehrer im Matheunterricht zu Gast. Mit gebrochenem Deutsch leitet er die Stunde, und ich äffe gelegentlich seinen Akzent nach, so laut, dass er es sicher mitbekommt und Mitschüler mich auffordern, den Mund zu halten.

In manchen Momenten bist auch du ein Ventil für meinen aufgestauten Frust, Mama. Ich beleidige dich für deine spitz zulaufende Nase, mache Anspielungen und höre auch nicht auf, als ich sehe, wie sehr meine Kommentare dich verletzen. Du bist oft gereizt, von einem Moment zum nächsten kann deine Stimmung kippen, dein Ton umschlagen in Schärfe und Gereiztheit. Selbst zu Hause bist du vor Anfeindungen nicht sicher. Ständig kommentieren Papa und ich die mit Maggi-Fix zubereiteten Gerichte. »Kann man essen, muss man aber nicht.« Du stemmst die Arme in die Hüften. »Dann kocht doch das nächste Mal selber, ich höre mir das nicht länger an.«

Wir sitzen an quadratischen Gruppentischen im Biotrakt. Ich klemme meine schweißfeuchten Hände zwischen die Oberschenkel. Frau Burke liest die Noten vor.

»Wen haben wir als nächstes? Ach ja. Weißt du was, Marco? Da habe ich mich wirklich schwergetan. Wenn ich das ganz nüchtern betrachte, müsste ich dir eigentlich eine Vier eintragen. Du hast im Unterricht kaum mitgearbeitet, auch deine schriftlichen Arbeiten haben immer zwischen Drei und Vier geschwankt. Früher warst du viel fleißiger.« Sie spitzt die Lippen, schüttelt den Kopf. »Das sind die Chaoten, mit denen du dich abgibst, ich sag's dir. Wenn Chaos im Kopf ist, dann ist kein Platz für Schule – schon klar. Aber ich kann dich ja trotzdem irgendwie ganz gut leiden.« Ich bin so angespannt, dass ich Staubpartikel durch die Luft wirbeln sehe. »Was guckst du so bedröppelt? Ich habe dir eine Drei eingetragen.« Im Raum breitet sich Tuscheln aus. »Wie, Marco kriegt eine Drei?« Ich schaue auf den Zettel vor mir, gehe die Noten in den anderen Fächern durch und kann es kaum glauben.

(Wie wäre mein Leben verlaufen, wenn ich nicht in die Oberstufe durchgerutscht wäre? Wenn Frau Burke die Situation nicht zu meinen Gunsten ausgelegt hätte? Eine schlechtere Note hätte mich die Versetzung gekostet. Hätte ich die Klasse wiederholt? Wahrscheinlich wäre ich auf eine Berufsschule gegangen, wie René, Dursun und Fabian auch. Ich konnte mir keine andere Welt außerhalb der unseren vorstellen, und somit auch nicht ersehnen.)

An einem Wochenende im Oktober treffe ich Fabian auf der Kirmes. Wir schlendern durch die Gassen, vorbei an Fahrgeschäften und Buden, der Geruch von Bratfett und gebrannten Mandeln in der Nase. »Mein Vater arbeitet bei Pintsch Bamag«, erzählt er mir über die plärrende Musik und das dumpfe Aufeinanderprallen der Autoscooter hinweg. »Hat mir da einen Ausbildungsplatz als Industriekaufmann besorgt. Aber muss nebenbei auch noch weiter zur Schule.« Er verzieht das Gesicht. »Und du machst jetzt Abi, oder was?«

Wir spielen mehrere Runden Pferderennen, lachen weiter über die Witze von damals, doch wir spüren wohl beide, dass unsere Wege sich getrennt haben. Wir verabschieden uns mit dem eingeübten Handschlag. »Hau rein.« Danach sehe ich weder Fabian noch meine anderen Freunde wieder.

Mit frisch rot getönten Haaren breitest du die Zeitung auf dem Küchentisch aus, Mama. Du überfliegst die Seiten, diesmal auf der Suche nach Wohnungsanzeigen, umkreist die vielversprechenden mit einem gelben Marker. Du greifst räuspernd zum Festnetztelefon und wählst die Nummern, scherzt mit den Stimmen am anderen Ende der Leitung. Plötzlich kannst du wieder lachen und wirkst wie befreit, weil du mit meiner Hilfe den Job als Schreibkraft gefunden hast, und dich nicht länger die Angst umtreibt, man könnte herausfinden, was du zu tun gezwungen warst. Dein wiederhergestelltes Selbstwertgefühl färbt auch auf uns als Familie ab. Schon bald lassen wir die Sozialbausiedlung hinter uns und ziehen ans andere Ende der Stadt.

Unsere neue Wohnung liegt in einer verkehrsberuhigten Einfamilienhaussiedlung mit kiesbestreuten Vorgärten, makellosen Rasenflächen und fein säuberlich getrimmten Buchsbäumen. Im Wohnzimmer fällt das Licht durch bodentiefe Fenster, und mir ist, als hätten wir zuvor in einer Höhle gehaust. Von unserer Terrasse aus hören wir gelegentlich die blechernen Melodien des Eierwagens oder der Trödelhändler, die das Viertel aufsuchen. In einem der Vorgärten steht ein Kirschbaum, und im Frühling fliegen die weißen Blütenblätter umher und besprenkeln den Asphalt.

Unsere Vermieter sind eine kurzsichtige Frau mit Dauerwelle und ein pensionierter Fahrlehrer, der am Steuer Lederhandschuhe trägt und eine Schiebermütze. Zu gebrechlich, um die Stufen zu erklimmen, haben sie am Treppenabsatz eine Strukturglastür eingebaut und beschlossen, das Obergeschoss zu vermieten. Sie sind immer gut gelaunt, pfeifen und trällern durch die Wohnung. Wir beneiden sie um ihre Sorglosigkeit.

Über unsere Nachbarn wissen wir nicht viel, bekommen nichts mit von ihren Leben, wie wir es von früher gewöhnt sind. Nur manchmal sehen wir sie in ihren Einfahrten zusammenstehen, doch wir sind nie Teil des Gesprächs. Unser Austausch beschränkt sich auf ein Kopfnicken im Vorübergehen – ihre Art, unsere Existenz anzuerkennen. In ihrer Gegenwart versteifen sich unsere Körper, und jede Faser verrät unsere Unterlegenheit. Wir sind die einzigen Mieter in dieser Siedlung und grenzen uns ebenso ab, wie wir ausgegrenzt werden.

Hinter der Fassade bröckelt die bürgerliche Idylle. Einen unserer Nachbarn können wir beinahe jeden Abend dabei beobachten, wie er im Schutz der Dunkelheit in der Garage verschwindet. Kronkorken um Kronkorken wird zischend von den Flaschen gehebelt und fällt klimpernd zu Boden. Wir zählen mit.

(Die Einfamilienhaussiedlung, ein Ort der Sehnsucht, ein Ort des Schreckens. Ich kann nicht anders, als andauernd darauf zurückzukommen. Wie habt ihr das empfunden?)

In der Oberstufe gibt es viele neue Gesichter. Da ist Tristan, der mir vorkommt wie ein Sonderling mit seinen langen, zu einem Pferdeschwanz zusammengebundenen Haaren. Er trägt Lederschuhe, verwaschene Jeans, gemusterte Hemden und im Sommer eine Ray-Ban-Sonnenbrille. Er legt sich regelmäßig mit den Lehrern an, doch nicht so, wie ich es aus der Unterstufe kenne. Die Beine überschlagen und mit Handbewegungen seine Worte unterstreichend, kritisiert er Lehrmethoden und mischt sich ein, wenn er etwas besser weiß oder ihm nicht passt. Auch von gegensätzlichen Meinungen lässt er sich nicht verunsichern, ganz im Gegenteil scheint seine Meinung unabhängig davon einen Wert zu besitzen.

In einer der ersten Englischstunden sitze ich inmitten meiner neuen Mitschüler im dritten Stock des Oberstufentrakts. Nach einer Viertelstunde beginnt Pranveras Magen zu knurren. Alle hören es, aber niemand sagt ein Wort. Bis Pranvera in einer Gesprächspause das Wort ergreift.

»Tut mir leid, wollte mir vorhin eigentlich noch etwas in der Mensa kaufen, die hatte dann aber schon geschlossen. Hört man es sehr?«

»Nein, so laut ist es nicht.«

»Also ich höre es bis hierhin«, sage ich vom anderen Ende des Raums. »Willst du was zu essen? Ich hab noch einen Apfel übrig, kannst du gerne haben.«

»Marco, das sagt man so nicht, so plump.« Frau Schott schüttelt ungläubig den Kopf, legt die Kreide ins Etui. »Es ist nicht so laut, Pranvera. Mach dir keine Sorgen.« Sie wirft mir einen strafenden Blick zu. Ich reiche Pranvera den Apfel.

Ich fühle mich wieder zu den lässigen Mitschülern hingezogen, aber diesmal gehöre ich nicht dazu. Während eines gemeinsamen Abends in einer Bar werde ich mehrmals gefragt, was ein von mir benutztes Wort bedeutet. »Was soll das denn heißen? Habe ich noch nie gehört.« Ich beginne mich in meiner Sprache zu zensieren, Wörter wie veräppeln, bekloppt oder hammerhart streiche ich aus meinem Wortschatz. Ich verschweige auch mein Interesse für Fußball und weiß plötzlich gar nicht mehr, was oder wie ich etwas sagen soll. Ich sitze einfach still da, und alles an mir scheint wertlos zu sein. Vor dem Spiegel auf dem WC springt mir mein Pullover von New Yorker mit dem auffälligen Print ins Auge. Ich merke, dass ich anders bin als die meisten. Nicht Tristan ist der Sonderling – sondern ich. Nach diesem Abend laden sie mich nicht mehr zu ihren Treffen ein.

Da ist Maren, das Idealbild einer Einserschülerin. Sie ist vom Gymnasium auf die Gesamtschule gewechselt, spielt Tennis im Verein, hat den Kunstleistungskurs gewählt und will später Medizin studieren. Ehrgeizig, ohne dabei verbissen zu wirken, ist sie bei allen beliebt, und balanciert gekonnt zwischen Lässigkeit und Strebsamkeit. Ihr scheint alles zuzufallen, wonach sie die Hand ausstreckt.

Während Maren durch mich hindurchsieht, weiß ich immer genau, wo sie sich aufhält, ob sie anwesend ist oder nicht. Sie wirkt unerreichbar, und ich verliebe mich in dem Moment, als ich sie das erste Mal sehe.

Ich entdecke das Radfahren für mich. Bei jedem Wetter kremple ich mein rechtes Hosenbein hoch und schwinge mich aufs Rad, selbst wenn es friert oder schneit. Ich fahre die Bergerstraße runter bis zur Videothek, biege links auf die Hünxer Straße, vorbei an den Stadtwerken und durch die Unterführung entlang der Bahnlinie.

Ich tue es nicht wegen der schlechten Busverbindung, sondern um nicht länger von dir abgeholt zu werden, Mama. Um dich nicht überreden zu müssen, mit dem Micra in einer Nebenstraße zu warten und nicht direkt vor dem Schulgebäude. »Ich bin doch sowieso um vier in der Stadt, warum soll ich dich nach Feierabend dann nicht einsammeln?« In einer Freistunde habe ich von unserem Umzug erzählt und verschwiegen, dass wir auch dort zur Miete wohnen. Ich will die Unterschiede verwischen, und solange niemand unsere Wohnung betritt, bleibt es mein Geheimnis.

Da ist Hanno, der die Stufe regelmäßig um sich schart mit seinen neusten Anschaffungen. Im Aufenthaltsraum hält er sein iPhone vor sich ausgestreckt, eine dicht gedrängte Menge um ihn versammelt, das leuchtende Display das Zentrum der Aufmerksamkeit. »Kannst du ein Selfie von uns machen? Warte, ich stell mich neben Maren.« Zum achtzehnten Geburtstag schenkt seine Mutter ihm einen viperngrünen VW Scirocco, und spätestens da beginnt das Getuschel sich wohl auch im Lehrerzimmer auszubreiten. Er scheint die Anhimmelei ebenso zu genießen wie den ihm entgegenschlagenden Neid.

Im Musikunterricht schließe ich mich für ein Referat mit Pascal zusammen. Auch er hört die aktuellen Charts. Wir sollen Musik vorstellen, die wir für wertvoll halten, und einigen uns auf *Linkin Park*. Vor der Klasse berichten wir von der Entstehung der Band und über die biografischen Hintergründe der Mitglieder. Wir spielen den bekanntesten Song vor. Herr Weigang kratzt sich an der Stirn. »Na ja, was soll ich sagen. Das war ein solider Vortrag. Aber eigentlich wollen wir hier etwas Neues für uns entdecken, sonst macht das wenig Sinn.«

In der nächsten Woche bringt Heiner einen roten Kasten mit, und fachsimpelt während der Vorführung des Instruments mit Herrn Weigang über die Funktionsweise. »*Lothar and the Hand People* waren so ziemlich die erste Rockband, die ein Theremin verwendet hat – das hast du gut recherchiert. Schon spannend, wie die elektrisch geladene Hand diese elektronischen Töne im elektromagnetischen Feld erzeugt.« Herr Weigang presst die Lippen aufeinander und nickt anerkennend. »Und das Theremin hatte dein Vater auf dem Dachboden stehen, sagst du?«

Ein Handzettel wird verteilt. Finger gleiten über das Papier, und es wird darüber diskutiert, wer bereits wo im Skiurlaub gewesen ist. Abends zeige ich euch den Zettel. Er lässt euch verstummen.

»Willst du da mit?«

»Nicht unbedingt. Ich dachte nur, ich zeig euch den mal.«

»Ist das nicht nur für Fortgeschrittene?«

»Nein, auch für Anfänger.«

»Ach so. Das heißt, du könntest das da lernen?«

»Glaub schon, ja.«

»Und die Skier bekommt ihr gestellt?«

»Ja, wer keine hat, kann sich welche ausleihen.«

»Und das kostet dann auch nochmal was, nehme ich an.«

»Kann schon sein.«

Vor der Weihnachtsaufführung unseres Musikkurses steht Tristan vor der Spiegelwand und pudert sich das Gesicht. Ich lache ihn aus, und er wendet sich mir zu mit ernster Miene.

»Hast du noch nie auf einer Bühne gestanden?«

»Wieso fragst du?«

»Na weil deine Haut im Scheinwerferlicht glänzt wie eine Christbaumkugel.«

»Man kann es aber auch übertreiben.«

»Wie auch immer.« Er tupft den Pinsel in die Dose und trägt das Puder mit kreisenden Bewegungen auf seine rosige Haut auf. Als ich ihn so betrachte, frage ich mich, warum er das Fach Religion abgewählt hat und stattdessen den Philosophieunterricht besucht. Ich habe keine Ahnung, was es mit Philosophie auf sich hat, und es interessiert mich auch nicht weiter.

In den Ferien fahrt ihr mit mir über ein Wochenende spontan in den Schwarzwald und lasst mich an einem Anfängerkurs teilnehmen. »Wie sieht das denn aus, wenn alle schon Skifahren können, nur du nicht?« Ich schnalle mir die von fremdem Schweiß durchnässten Leihschuhe an die Füße, und mit sechzehn stehe ich das erste Mal auf zwei Brettern, und ihr in der Kälte. »Wollt ihr nicht auch Skifahren lernen?« »Nein, das ist nichts für uns.« Mit in den Taschen vergrabenen Händen und hochgezogenen Schultern seht ihr mir dabei zu, wie ich mich ungelenk den Abhang runterstürze. Die Skispitzen überkreuzt, verlagere ich das Gewicht von einem Bein aufs andere, stemme die Stöcke zum Bremsen vor mich in den Pappschnee und grinse breit. »Du sollst keine Nachteile haben.«

Ich sitze in einer Skihütte und betrachte die an den holzvertäfelten Wänden hängenden Hirschgeweihe. Im Kamin knistern die Scheite, unsere Gesichter leuchten im Schein des Feuers. Teller mit dampfenden Schnitzeln werden gereicht, und während die anderen mit Essen beschäftigt sind, umklammere ich meinen Glühwein und schaue auf die feuchten Ringe, die meine Tasse auf dem Holztisch hinterlässt. Ich bemühe mich, bloß an der roten Flüssigkeit zu nippen, und puste mehr, als dass ich trinke. »Willst du was von den Pommes?« Tim stößt mich in die Seite. »Das sind so viele, die schaffe ich gar nicht alle.« Er schiebt den Teller in meine Richtung. »Danke, ich habe gar keinen Hunger.« Mein Taschengeld ist schon am zweiten Tag beinahe aufgebraucht, denn für die Skier musste eine Kaution hinterlegt werden. Das haben wir nicht bedacht. »Und deine Eltern, was machen die?«

Unser Glück hält nicht lange an. Seit Monaten streikt ihr gegen die angedrohte Schließung des Schienenwerks, Papa. In eurer signalroten Arbeitskleidung und den Hartschalenhelmen haltet ihr eine Mahnwache ab, steckt vierhundert Kreuze vor Tor Eins in die Erde – eines für jeden Angestellten. Politiker kommen zum Kaffeetrinken und Brötchenessen, geben leere Versprechen von sich. Die Auftragsbücher sind voll, doch die Männer in Anzügen haben die Kunden verprellt mit geheimen Preisabsprachen. Sie müssen Strafen in Millionenhöhe zahlen, und um diese Summen aufzubringen, entscheiden sie sich für die Schließung eures Werks. »Die Schweinehunde, machen sich die Taschen voll und wir werden dafür bestraft.« Nun ist es offiziell. *Wir bedauern es sehr, diesen Schritt gehen zu müssen. Aber die Wirtschaftlichkeit des Unternehmens steht an erster Stelle.*

Vierundzwanzig Jahre – so lange wolltest du eigentlich nie bleiben. Du hasst den Lärm in der Werkshalle, die schrille Sirene während der Walzung ebenso wie das dumpfe Geräusch von aufschlagendem Metall. Die Hitze des Hochofens. Du hasst die Schichtarbeit, die damit verbundene Erschöpfung und die nicht vergehende Müdigkeit. Deine Kollegen haben dir die Arbeit erst erträglich gemacht. Auch und gerade die türkischen Kollegen, von denen du Redewendungen und Schimpfwörter in einer fremden Sprache gelernt hast. An Wochenenden teilst du deinen Wortschatz mit uns. »Unser Nachname bedeutet Gras auf türkisch – nicht das Zeug zum Rauchen. Wusstet ihr das? Wird aber auch nur mit einem T am Ende geschrieben.«

(Von der jahrzehntelangen körperlichen Arbeit spürst du ein dauerhaftes Kribbeln in der Wirbelsäule. Seit ich denken kann, klagst du über Schmerzen. Eines Morgens hast du reglos im Halbdunkel des Schlafzimmers gelegen und konntest dich nicht mehr bewegen. Wir mussten einen Krankenwagen rufen, erinnerst du dich? Wenig später die Diagnose: Bandscheibenvorfall.)

Das Stück Schiene im Regal des Wohnzimmerschranks und der Desktop-Hintergrund unseres Computers, ein Foto aufgenommen in der Werkshalle, bevor alles stillstand, verraten mir, dass du auch stolz warst auf deine Arbeit. Manchmal, wenn wir auf einem Bahnsteig stehen, trittst du an die Kante und schaust ins Gleisbett. Ein kurzer Blick auf die Prägung der Schiene genügt dir, um sagen zu können, ob sie aus eurem Werk stammt.

Du erhältst eine geringe Abfindung, doch der versprochene Sozialplan fällt unter den Tisch. Du wirst weitervermittelt an eine Leiharbeitsfirma, die dich zum Mindestlohn an wechselnden Standorten im Ruhrgebiet einsetzen will, mit bis zu zweistündiger Anfahrtszeit mit dem Auto. Aus finanzieller Not drängt Mama dich, das Angebot anzunehmen. »Willst du lieber zu Hause sitzen und dabei zugucken, wie wir rote Zahlen schreiben?« Wieder musst du den Bittsteller bei der Bank spielen. »Sag denen, dass wir nicht können. Entweder die verkleinern die Raten und dulden die Überziehung, oder wir bezahlen gar nichts mehr. Fertig aus.«

Nachts, wenn Mama schon schlafen gegangen ist, treffe ich dich manchmal allein vorm Fernseher an. Im bläulichen Schein wirfst du mir einen müden Blick zu und verziehst die Mundwinkel zu einem Lächeln. Dann wandern deine Augen zurück zum Bildschirm.

An einem Abend sitzt ihr am Küchentisch, und durch die angelehnte Tür dringen Wortfetzen in mein Zimmer. Ich lehne mich an den Türrahmen und belausche euer Gespräch. »Ich sag dir besser nicht, wie der Petersen mit uns Frauen umspringt. Kommt von seinen Wohnungsführungen und meinte letztens zu Barbara, ob sie schon immer so ein unansehnliches Doppelkinn gehabt hätte. Ein richtiges Ekelpaket ist das, tut bloß so fein mit seinem Nadelstreifenanzug.« Zwischen Gläserklirren und vom Alkohol enthemmt sagt ihr einander, dass ihr nicht länger leben wollt, dass ihr keinen Grund mehr seht, zu leben.

(Mama, du hast mir einmal vorgeworfen, dass ich euch während unserer Telefongespräche nie gefragt habe, wie es euch geht. Vielleicht dachte ich, sie mir selbst beantworten zu können. Vielleicht hatte ich Angst vor eurer Antwort.)

Ich ziehe einen flaschengrünen Trolley durch die Nachbarschaft und werfe in Plastikfolie eingeschweißte Reklame in Briefkästen. Auf fast allen Klappen sind Stoppschilder geklebt – niemand ist hier auf Angebote angewiesen und will damit zugemüllt werden. Über Wochen stapeln sie sich in unserer Küche, und auf meine Nachfrage sagt man mir am Telefon, ich solle mir keine Gedanken machen und die Reste einfach entsorgen.

Bald habe ich etwas Geld gespart und kaufe mir schlichte Markenkleidung, wie meine Mitschüler sie tragen, ohne Aufschriften und auffällige Logos. Ich sehe meinen Kleiderschrank durch, stopfe alte Sachen in einen Müllsack und werfe ihn in den Altkleidercontainer. Ich bin mir sicher: Nach den Sommerferien werde ich Maren auffallen. Sie wird nicht anders können, als sich in mich zu verlieben.

Für ein Gruppenfoto unseres Deutschleistungskurses stehe ich vor den steinernen, zu einem Halbkreis angeordneten Sitzgelegenheiten des Pausenhofs. Ich trage eine schwarz geränderte Brille, ein günstiges Kassengestell, gekauft als ich das Tafelbild auch mit zusammengekniffenen Augen nicht mehr entziffern kann, blaue Levi's Jeans aus dem Schlussverkauf und ein aufgeknöpftes Karohemd unter einer Jacke aus Wildlederimitat. Die drei weißen Streifen auf meinen Schuhen sind der letzte Rest meines früheren Kleidungsstils.

Im Unterricht beschäftigen wir uns mit *Buddenbrooks*, und während die meisten bloß im Lektüreschlüssel blättern, lese ich zu meiner eigenen Überraschung jedes einzelne Wort.

»Marco, bist du das?« Kübra steht an der Ampel am Busbahnhof und mustert mich. Sie löst sich von ihren Freundinnen und geht auf mich zu.

»Du hast dich aber verändert, stehen dir gut, die längeren Haare. Wie ist es in der Oberstufe?«

»Ach, ich schlag mich so durch. Ist auf jeden Fall schwieriger, gibt viel zu lernen.«

»Das kann ich mir vorstellen.«

»Was machst du jetzt eigentlich?«

»Gehe aufs Berufskolleg und mache eine Ausbildung zur Kinderpflegerin. Ist ganz spannend, will dann später in einer Kita arbeiten. Dana und Leyla sind übrigens auch in meinem Jahrgang.« Sie zieht ihr Handy aus der Hosentasche, tippt darauf herum und hält mir das Display hin. »Ist das noch deine Nummer eigentlich? Wenn du willst, können wir ja mal was trinken gehen und über alte Zeiten quatschen. Im Hinz und Kunz ist donnerstags immer Happy Hour, da kosten die Cocktails bloß drei fünfzig.«

Auf dem Heimweg denke ich an damals und steuere geradewegs auf einen Laternenpfahl zu, reiße im letzten Moment noch den Lenker herum. Abends schickt Kübra mir eine Sprachnachricht, auf die ich nicht antworte.

Maren nimmt meine Freundschaftsanfrage an. Ich scrolle durch ihr nicht länger verborgenes Profil und sehe, dass sie gelegentlich Beiträge einer Seite namens *Brain Pickings* teilt. Ich durchstöbere die Seite und abonniere den wöchentlichen

Newsletter, klicke auf den erhobenen Daumen. In einem der Beiträge wird ein Buch mit dem Titel *Extrem laut und unglaublich nah* besprochen. Der Inhalt macht mich neugierig, und mit siebzehn kaufe ich zum ersten Mal aus eigenem Antrieb ein Buch. Wenig später schaue ich auch die Filmadaption. Ich teile einen Beitrag zu Jonathan Safran Foer in meiner Timeline, und Maren markiert ihn mit Gefällt mir.

Für die Schule tue ich nur das Nötigste. In den meisten Fächern habe ich eine Drei und gebe mich damit zufrieden. Ich besitze keine Selbstdisziplin und kann mich nur für etwas motivieren, was mich wirklich interessiert. Auch in dem im benachbarten Gymnasium stattfindenden Erdkundeunterricht, wo man uns vier Gesamtschüler behandelt wie geistig Minderbemittelte, behaupte ich mich.

Melden wir uns und ruft Frau Weidel uns auf, liegt beim Aussprechen unserer Namen stets Verwunderung in ihrer Stimme, als hätten wir seit Wochen nichts zum Unterricht beigetragen. Mit ihren grau melierten, zu einem Dutt aufgesteckten Haaren nickt sie eifrig unsere Antworten ab. »Ganz genau«, sagt sie mit einem verständnisvollen Lächeln. »Hat irgendwer noch etwas zu ergänzen? Vielleicht ja diesmal jemand vom Gymnasium.« Sie gibt sich aufreizend gelassen, als könne sie nach dreißig Jahren im Beruf nichts mehr erschüttern, doch bei einer falschen Antwort beißt sie jedes Mal die Zähne zusammen und starrt aus dem Fenster. Unter der Haut treten die gespannten Sehnen ihrer Halsmuskulatur hervor. Sie zieht die Mundwinkel hoch, und ihre Lippen spannen sich übers Zahnfleisch. »Nein, das ist nicht ganz richtig.«

In Geschichte beteilige ich mich zum ersten Mal an einer Diskussion. Wir sprechen über die Studentenbewegung von Achtundsechzig, zu der ich am Abend vorher den Wikipedia-Artikel gelesen habe. Als ich in einem Moment der Stille meine Stimme erhebe, drehen sich mir die Gesichter zu. In meiner Aufregung bringe ich Aktivismus und Aktionismus durcheinander. Tristan und Susan runzeln die Stirn. »Das ist was anderes, ganz was anderes.« Lachen füllt den Raum. Ich gebe vor, mich bloß versprochen zu haben, doch die Blamage ist nicht abzuwenden. »Das kann doch mal passieren«, sagt Herr Schütte. Zu Hause schlage ich die beiden Wörter auf der Webseite des Duden nach und präge mir die Bedeutungen ein. Aktivismus: zielstrebiges Handeln. Aktionismus: übertriebener Betätigungsdrang. Und wieder steigt Schamröte in mein Gesicht.

Auch Darwin beginnt sich zu verändern. Er freundet sich mit Jonas aus der Elften an, und mit rot geränderten Augen tauschen die beiden sich im Pausenraum über Wallhacks aus, das Entschärfen von Sprengladungen und anstehende LAN-Partys. »Krass, wie du in so kurzer Zeit so gut geworden bist. Wenn du so weitermachst, schaffst du es bestimmt bald ins Major.« Jonas klopft ihm auf die Schulter. »Weißt du eigentlich, wie hoch die Preisgelder sind? Wetten, da kommst du nicht drauf.« Darwin muss die zwölfte Klasse wiederholen, und die Schule scheint ihn kaum noch zu interessieren.

Wir sitzen beim Abendessen, und mit überschlagenen Beinen unterbreche ich euer Gespräch und sage euch, es gebe das Wort Einzigste nicht, wenn dann heiße es Einzige. Meine Worte hallen in der Stille nach. »Was hast du denn auf einmal, das hast du doch auch immer gesagt?« Ich amüsiere mich, wenn ihr mit der Gabel über das Porzellan des Tellers schabt oder ihn mit einer Scheibe Brot fast blank putzt. »Den braucht man ja gar nicht mehr spülen.« Ich kommentiere, wenn ihr mit vollem Mund sprecht oder euch beim Gähnen nicht die Hand vorhaltet. Wenn ihr zu laut atmet. »Mensch, musst du zu allem deinen Senf dazugeben? Du bist wirklich komisch geworden, weißt du das.«

In einer Englischklausur über den *American Dream* erkläre ich auf die abschließende Frage zum Erfolg und Scheitern von Eingewanderten, ein jeder habe sein Schicksal selbst in der Hand und könne durch harte Arbeit alles erreichen. Der Aufstieg vom Tellerwäscher zum Millionär sei eine bloße Frage des Willens, und wer scheitert, habe sich eben nicht genug angestrengt. Es sei wie das Errichten einer Backsteinmauer, schreibe ich in Anlehnung an ein vor Kurzem auf YouTube gesehenes Interview mit Will Smith. Man müsse einen Stein auf den anderen legen, ohne sich dabei groß mit dem Gedanken an eine fertige Mauer abzugeben. Ohne ständig auf seine Vergangenheit zurückzublicken. Das mache einem den Aufstieg leichter. *Very good*, vermerkt Frau Schott mit einem Ausrufezeichen an den Rand.

An einem Morgen stehe ich im Flur vor den noch verschlossenen Unterrichtsräumen. Das Licht bricht sich in den schmutzigen Fensterscheiben, und ich lausche den gedämpften Gesprächen. Aus dem Augenwinkel betrachte ich heimlich die im Gegenlicht dunkel wirkenden Gesichter. Ich tippe auf der Handytastatur herum und gebe vor, eine lange Nachricht zu verfassen. Maren öffnet den Kreis und wendet sich mir zu.

»Was sagst du denn dazu, sieht man kurz vorm Tod noch einmal sein Leben Revue passieren?« Ich schaue Maren an. Mein Herz pocht laut in meinen Ohren.

Ich versteigere meine Playstation auf eBay. An unseren samstäglichen Streifzügen nehme ich nicht länger teil, bleibe lieber zu Hause und ziehe mich abends in mein Zimmer zurück. »Was bist du für ein Einsiedlerkrebs geworden? In deinem Alter hat man doch Freunde. Was machst du denn da eigentlich den ganzen Abend am Schreibtisch?« Ich zucke mit den Schultern. »Ach, davon versteht ihr sowieso nichts.«

Ich durchstöbere das Videoportal Vimeo und schaue mir Kurzfilme von Amateurfilmemachern an. Ich beginne mich für Spielfilme zu interessieren, lege ein Notizheft an, auf das ich in großen schwarzen Buchstaben mit Filzstift VORBILDER schreibe und in das ich ausgedruckte Fotos von Stephen Daldry, Paul Thomas Anderson und Charlie Kaufman mit dazugehörigen Zitaten klebe. Auf ein weiteres Notizheft schreibe ich WISSEN, darin liste ich die Arbeitsbereiche am Filmset auf. Ich zeichne Spannungskurven, an deren Wendepunkten ich die Handlungsverläufe von Drei- und Fünfaktern notiere. Darunter schreibe ich: *Eine fesselnde Geschichte besteht aus zusammenhängenden Handlungssträngen, die Szene für Szene miteinander in Verbindung bringt.*

Während der Stunden, in denen ich mir vorstelle, jemand anderes zu sein, sehe ich einen Ausweg. Ich sage mir: Ich werde diesen Ort verlassen und etwas aus mir machen.

(Ich wusste noch nicht, dass etwas aus mir zu machen zwangsläufig bedeuten würde, einer Illusion zu erliegen: Ich musste glauben, alles sei möglich.

Es würde auch bedeuten, mich von euch abzugrenzen. Weil einen Neubeginn wagen immer auch bedeutet, mit alten Gewohnheiten und der Vergangenheit zu brechen. Ich musste die herrschenden Werte übernehmen, um in den Kreisen, zu denen ich gehören wollte, akzeptiert zu werden. Oder glaubte es tun zu müssen, manchmal verschwimmen diese Grenzen.)

In einer Freistunde gehe ich mit einer Gruppe in die Altstadt, wir kaufen uns Eiskugeln im Hörnchen und setzen uns auf die Wiese neben das Rathaus. Auch Maren ist dabei. Wir sprechen über die anstehenden Prüfungen, und während im Hintergrund der Springbrunnen plätschert und die Enten mit im Gefieder vergrabenen Köpfen am Rand des Teichs in der Sonne liegen, spüre ich ihren Blick. Als ich mich zur Seite drehe, erwische ich Maren dabei, wie sie mich ansieht. Sie schaut weg und lächelt.

Wir beginnen miteinander zu chatten, ohne uns zu verabreden, sind wir nach der Schule zur selben Zeit online und tauschen uns über unsere Zukunftspläne aus. Ich schreibe ihr, dass ich nach Berlin ziehen und mich an der Filmuniversität Babelsberg bewerben will, um dort Regie zu studieren. Nachdem ich *Der Alchimist* gelesen habe, sage ich mir, damit meiner Bestimmung zu folgen und meinen Lebenstraum zu verwirklichen. Zum ersten Mal überhaupt habe ich eine Vorstellung von meiner Zukunft. *Hört sich spannend an, drücke die Daumen. Vielleicht gehe ich erstmal für ein halbes Jahr nach Australien? So viel freie Zeit wie nach der Schule hat man wohl so bald nicht wieder. Und mit Medizin kann ich ja dann auch immer noch nächstes Jahr anfangen.*

Während mein neuer Kleidungsstil bloß zur Kenntnis genommen wurde, lösen meine Zukunftsvorstellungen Verwunderung aus. Sie werden belächelt und bestaunt. »Du willst nach Berlin?« In den Freistunden wird darüber diskutiert, ob es ratsam sei, seinen Interessen zu folgen, oder doch besser, den finanziell abgesicherten Weg einzuschlagen. Die beiden Möglichkeiten scheinen sich gegenseitig auszuschließen, und meine künstlerischen Ambitionen nimmt niemand ernst. »Ja genau, erzähl du mal.« Ein Studium ist für die meisten trotzdem selbstverständlich. »Meine Schwester studiert in Düsseldorf, sie kann mir zum Oktober ein WG-Zimmer organisieren, meint sie.« Obwohl ich meinerseits niemanden kenne, der eine Universität besucht, will ich nicht mehr nur sein wie die anderen. Ich will weiter gehen als sie.

Nach der Zulassungsfeier schlafen wir unseren Rausch in der Turnhalle aus, als das Quietschen von Autoreifen die letzten gedämpften Gespräche durchdringt. Im Lichtkegel einer Handytaschenlampe bestaunen wir die Gummispuren der ausgebrochenen Hinterachse auf dem roten Belag des Tartanplatzes. Am nächsten Morgen verbreitet sich die Nachricht. Es sei Darwin gewesen, mit dem Kleinwagen seines Vaters sei er auf das Schulgelände gefahren und habe die kreisrunden Spuren hinterlassen.

In der mündlichen Prüfung lässt Frau Weidel uns Gesamtschüler auflaufen. Sie stellt Fragen zu Themen, die wir im Unterricht nicht behandelt haben, Themen aus übersprungenen und von ihr als unwichtig erachteten Kapiteln im Lehrbuch. Auf den Fluren tauschen wir uns mit den Gymnasiasten aus. »Nein, bei uns kam was ganz anderes dran.« Sie verteilt durchweg Fünfen und erkundigt sich später mit süßlicher Stimme, ob wir denn trotzdem alle unser Abitur bestanden hätten.

Für den anstehenden Abiball holt ihr die Sachen von der zehn Jahre zurückliegenden Kommunion aus dem Kleiderschrank hervor. Ihr schaut in den Spiegel. »Für uns brauchst du dich nicht zu schämen.« Auf der Fahrt zur Niederrheinhalle entdecke ich von der Rückbank aus ein stecknadelkopfgroßes Mottenloch in der Schulterpartie deines Sakkos, Papa. Der weiße Hemdstoff schimmert hindurch.

In der Halle setzt ihr euch zu den Eltern, die ihr noch von früher kennt, unterhaltet euch mit ihnen, steht während der gesamten Zeremonie aber kein einziges Mal auf. Als ich bei der Zeugnisübergabe die Hand des Direktors schüttele, meine ich, euer Klatschen aus dem verhaltenen Applaus der Menge herauszuhören. Ich steige von der Bühne und tue so, als hätte ich vergessen, wo ihr euch hingesetzt habt, und setze mich an einen anderen Tisch, möglichst weit von euch entfernt.

Maren und ich spazieren durch die menschenleere Stadt, vorbei an der hell erleuchteten Eissporthalle. Die Fahnen wehen im Wind und schlagen klappernd gegen den Mast, und die wogenden Äste werfen Schattenmuster aufs regennasse Pflaster.

»Wollen wir noch zu dir und eine Serie schauen?«

»Gerne, können aber auch genauso gut zu dir.«

»Aber du wohnst doch gleich hier um die Ecke, oder? Und deine Eltern sind doch sowieso nicht zu Hause, meintest du.«

»Ja, schon. Aber – «

»Hast du nicht aufgeräumt, oder was?«
»Doch.«
»Na dann los.«

Auf dem Weg überlege ich, ihr unsere Wohnsituation zu gestehen, und vor der Haustür angekommen bekomme ich Magenkrämpfe. »Dachte immer, das ist euer Haus.« Während ihre Worte in mir nachklingen, frage ich mich, für was ich mich am meisten schämen soll. Für mein Zehn-Quadratmeter-Zimmer mit der roten Tapetenbordüre? Für mein neunzig Zentimeter schmales Bett mit der Schaumstoffkissenumrandung? Für die braunen Siebzigerjahrefliesen im Badezimmer, den Spiegelschrank mit der vom Sonnenlicht ausgeblichenen Plastikverkleidung? Im Wohnzimmer setzt Maren sich auf den Sessel, und nicht neben mich aufs Sofa. Wir schauen *Two and a Half Men*, ich lache gezwungen über die Sketche. Nach einer Folge verlässt sie die Wohnung mit einer flüchtigen Umarmung.

Ich sitze am Computer und starre auf die rechts am Bildschirmrand aufgeklappte Chatleiste. Ich warte darauf, dass hinter Marens Namen ein grüner Punkt erscheint. Ihr Profilbild taucht plötzlich auf und verschwindet genauso schnell wieder. Ich schreibe ihr eine Nachricht, auf die sie erst vierundzwanzig Stunden später antwortet, und nicht wie gewöhnlich nach wenigen Minuten.

Mit einem Stativ und einer Kameratasche bepackt, sitzen Maren und ich uns in der Regionalbahn gegenüber. Von meinem Ersparten habe ich eine Spiegelreflexkamera gekauft, mit der ich bereits Aufnahmen vom Steinkohlekraftwerk, der stillgelegten Zeche Lohberg und dem Frachtschiffverkehr auf dem Rhein gemacht habe. »Was willst du genau tun? Habe ich immer noch nicht ganz verstanden.« In Essen angekommen, platziere ich das Stativ vor den U-Bahn-Aufgang Berliner Platz. Maren lacht mich aus, aber als ich ihr im Laufe des Abends die verschiedenen Aufnahmen im Display zeige, nickt sie jedes Mal. »Ist gar nicht so schlecht. Wäre ich nicht drauf gekommen, da eine Kamera draufzuhalten. Und das willst du dann später zu einem Video zusammenschneiden?«

Wir verpassen den letzten Zug zurück nach Dinslaken. Maren ruft Rena an, die uns vom Bahnhof abholt. Es ist das erste Mal, dass jemand mitbekommt, dass wir Zeit zusammen verbringen. Im Auto herrscht Stille, und ich werde von ihrer Freundin beäugt. Nach dem Abend reagiert Maren nicht länger auf meine Nachrichten.

Im Herbst fahre ich über ein Wochenende nach Berlin. Ich wundere mich über die breiten Gehwege, bin wie erschlagen vom Verkehr und den eilig umherlaufenden Menschen. Ich habe zwei Besichtigungstermine vereinbart, und als ich vor der ersten Haustür stehe, reagiert niemand auf mein Klingeln. Ich trete einige Schritte zurück, schaue die Altbaufassade hinauf und betrachte die dunklen Fenster.

Die Zeit bis zur zweiten Besichtigung verbringe ich in einem türkischen Café. Während ich ein Zuckerstück in den Schwarztee rühre, eilt eine gesichtslose Menge am beschlagenen Fenster vorbei, und mich überkommen Zweifel und die Angst, von der Großstadt verschlungen zu werden.

Zwei Tage später erhalte ich eine Zusage von der Wohngemeinschaft. *Wenn du willst, kannst du übernächste Woche schon einziehen*. Ich denke an eure Worte. »Wie lange willst du uns noch auf der Tasche liegen, in deinem Alter haben wir schon längst gearbeitet und unser eigenes Geld verdient.« Ich denke an Maren, und ein Gefühl von Trotz steigt in mir auf. Abends schließe ich mich in mein Zimmer und schreibe eine Filmanalyse und ein Spielfilmexposé über einen jungen Außenseiter in der DDR und schicke meine Bewerbung ab. Überzeugt, an der Filmuniversität genommen zu werden, oder doch spätestens nach einer erneuten Bewerbung im folgenden Jahr, verlasse ich euch und schaue nicht zurück.

Ich bin neunzehn Jahre alt und schlendere durch die Bezirke. Mit stolzgeschwellter Brust sehe ich mich mit den Augen meiner ehemaligen Mitschüler über die Admiralbrücke gehen, vorbei an Straßenmusikern und verstreut auf Steinpollern sitzenden, jungen Leuten. Ich sehe mich zwischen antiken Möbeln und Kleidungsstücken auf dem Flohmarkt am Boxhagener Platz. Sehe mich auf dem Tempelhofer Feld. Dabei schaue ich die Menschen um mich herum verschwörerisch an, als könnte ich sie darauf aufmerksam machen, dass ich nun dazugehöre. Ich bekomme das Grinsen nicht aus dem Gesicht, werde aber kaum beachtet. Niemand kennt mich, alle sind mir überlegen. Ich werde mich noch einmal verwandeln müssen. Doch zuerst gilt es, einen Job zu finden.

Ich verteile Flyer im Umkreis des Gendarmenmarkts. »Ganz in der Nähe hat ein Fitnessstudio eröffnet«, sage ich, »mit dem Gutschein hier ist der erste Monat kostenlos.« Die Abendsonne taucht das Konzerthaus und die mit Patina überzogenen Reiterstatuen in warmes Licht, und ich komme mir lächerlich vor in meiner silberglänzenden Jacke und der Umhängetasche mit der Aufschrift JONNY M. »Sehe ich etwa so aus, als hätte ich das nötig?« »Nein, aber vielleicht haben Sie ja trotzdem Interesse.«

Ich schaue auf die Uhr, werfe einen Stapel in den Mülleimer und gehe zurück. »Na, hast du etwa alle verteilt?«

Ich stehe vor dem Filialleiter, öffne die Tasche und hole die restlichen Flyer heraus. »Gut, in drei Stunden kannst du so viele auch unmöglich losgeworden sein.« Ich streife die Jacke ab, fahre Unter den Linden entlang durch das Brandenburger Tor und lege mich auf die feuchtwarme Wiese des Tiergartens neben mein Fahrrad. Ich verfolge den flackernden Schimmer hinter meinen Lidern und überschlage wieder und wieder die Stunden, die ich arbeiten muss, um Miete und Lebensmittel bezahlen zu können. Die Leichtigkeit der ersten Wochen ist verflogen.

»Ach, im Moment lasse ich einfach die Seele ein bisschen baumeln.« Meine Mitbewohnerin Vicky steht an der Küchenzeile. Mit einem Holzlöffel rührt sie im Haferbrei, und der vom Topf aufsteigende Dampfschleier lässt ihre Brille beschlagen. »Von meinen Großeltern habe ich ein Ferienhaus geerbt, das vermiete ich das Jahr lang. Damit lässt sich ganz gut über die Runden kommen.« Sie reibt die Gläser an ihrem Wollpullover und schiebt die Brille zurück auf ihre Nase. »In den Sommerferien bin ich dann selber auf Zypern und wohne dort. Mein Vater ist übrigens Österreicher, hab ich das schon erzählt? Deshalb heiße ich auch Wöhrer mit Nachnamen und spreche so gut Deutsch. Meine Eltern haben sich kennengelernt, als mein Vater Urlaub auf Zypern gemacht hat, ist eine witzige Geschichte.« Sie öffnet den Hängeschrank, holt klirrend eine Schüssel hervor. »Wie ist die Arbeit eigentlich, macht es Spaß?«

Eine Frau und ein Mann treten auf mich zu. Sie haben den Mantelkragen hochgestellt und ihre gemusterten Schals in einer Schlinge um den Hals gebunden. Ich halte ihnen einen

Flyer hin und sage meinen Spruch auf. Die Frau nimmt ihn mit spitzen Fingern entgegen, presst die Lippen aufeinander.

»Das ist doch ein beschissener Job, den du machst. Was verdienst du in der Stunde, sieben Euro fünfzig?« Sie hebt die Brauen. »Wir sind von der HDI-Versicherung, bei uns kannst du bis zu dreißig Euro die Stunde verdienen, Prämien nicht eingerechnet – kommt natürlich ganz darauf an, wie sehr du dich ins Zeug legst. Na, hört sich das nicht toll an?« Sie drückt mir ihre Visitenkarte in die Hand. »Melde dich gerne, wenn wir dein Interesse geweckt haben.« Regentropfen fallen vom verhangenen Himmel, die beiden spannen ihre Schirme auf und verschwinden in einer Seitenstraße.

Während unserer sonntäglichen Telefongespräche reden wir über das Wetter und stellen fest, dass es im Winter stets zwei oder drei Grad kälter in Berlin ist. Ihr berichtet von euren Erlebnissen der vergangenen Woche. »Gestern waren wir auf dem Kappesmarkt in Raesfeld, an einem Stand haben wir Bratwurst mit Sauerkraut gegessen, das war sehr lecker.« Ich höre eure Stimmen über den Lautsprecher und bin dabei mit anderen Dingen beschäftigt. Allem, was euch wichtig ist, messe ich keine Bedeutung mehr bei, und stemple es als belanglos ab. Ich stelle keine Fragen und erzähle euch von der Visitenkarte. »Hör dir das doch mal an, vielleicht ist das gar nicht so verkehrt?«

Ich sitze auf einem roten Sessel in einem Büro mit grün gestrichenen Wänden, unter meinen Füßen ein grauer Teppichboden. Vom anderen Ende des Tisches redet der Mann seit einer Viertelstunde auf mich ein. Eine schmale Spur getrockneten Speichels glänzt an seinem Kinn. »Die meisten beginnen damit, ihre Familienmitglieder anzuwerben. Weißt du, wieso? Weil die einem vertrauen. Dann weitest du deine Arbeit möglichst auf den erweiterten Verwandtenkreis aus. Denk immer dran, dreihundert Euro als Vermittlungspauschale.« Ich sage ihm, dass es sich um ein Missverständnis handelt und er seine Zeit verschwendet. Dass ich mir das alles ganz anders vorgestellt habe, und herzukommen eine schlechte Idee gewesen ist. »Du bleibst schön sitzen. Soll ich dir mal was sagen? Ich bin schon eine ganze Weile dabei, und diejenigen, die am Anfang kritisch sind und zweifeln, das sind die Besten.« Ich stehe auf und verlasse den Raum durch die Glastür.

Vicky liegt auf ihrer Matte im Wohnzimmer, die Arme aufgestützt und den Oberkörper in einem Bogen nach hinten geneigt. Sie wiegt vor und zurück, dabei knarren die Bodendielen. »Willst du nicht auch mal Yoga ausprobieren? Meine ich nicht böse, aber du bist immer so verkrampft, hab ich das Gefühl. Vielleicht entspannt dich das ein bisschen.« Ich lehne ab und trage den Teller mit der dampfenden Tiefkühllasagne in mein Zimmer. Ich scrolle durch Stellenanzeigen, auf der Suche nach einem Job, der mich weniger demütigt. Vickys laute Seufzer dringen durch die geschlossene Tür, und es fühlt sich an, als würde das von ihr abfallende Gewicht auf mich übertragen.

Drei Monate nach meinem Auszug trifft der noch an euch adressierte Brief der Filmuniversität ein. Ich nehme euren Anruf entgegen. »Na ja, was sollen wir sagen, es ist leider nichts geworden.« Nach einem Moment der Stille frage ich euch nach dem genauen Inhalt. »Sollen wir dir wirklich vorlesen, was hier steht? Bist du sicher.« Die niederschmetternde Einschätzung meiner Fähigkeiten, die zusammengefasst werden kann mit den Worten: nicht geeignet.

Ich verbringe die nächsten zwei Tage im Bett, starre auf die Risse in der Decke und versuche mir wieder und wieder meine Fähigkeiten zuzusprechen. Auf meine Bitte hin schickt ihr mir das Schreiben per Post. Es kommt in einem Päckchen, beklebt mit Herzen und vierblättrigen Kleeblättern, zusammen mit selbstgemachter Marmelade in Einmachgläsern. Zur Motivation klebe ich es mit Tesafilm an die Wand vor meinen Schreibtisch.

(Das Absageschreiben, ich habe es aufgehoben. Es liegt in einer Kiste zwischen Schulzeugnissen und alten Notizbüchern und ist verbunden mit der Erinnerung an eure Stimmen.)

Ich fahre mit der S-Bahn und steige in Babelsberg aus. Als ich auf das Glasgebäude zugehe, erkenne ich aus der Ferne die übergroßen Mikadostäbe, die ich bereits auf Fotos gesehen habe, und die im Eingangsbereich als Dachstützen angebracht sind. Innen fällt das Licht auf unverputzte Betonwände und bis zur Decke wuchernde Grünpflanzen. Ein Plakat informiert über den Tag der offenen Tür. In einem kleinen Saal im ersten Stock werden Kurzfilme gezeigt, und nach der Vorführung stelle ich mich zu einem der Regiestudenten und sage ihm, dass sein Film mir am besten gefallen habe und auch ich Regie studieren wolle. Ich erzähle ihm von meiner Absage. »Bei mir hat es auch erst beim zweiten Versuch geklappt, kein Grund zur Panik also.« Wir tauschen Nummern aus, und Felix bietet mir an, ihm bei seinem nächsten Projekt zu helfen.

»Wir wollen nächste Woche schon anfangen zu drehen, hast du Zeit?«

Ein Scheinwerfer wird neben das Kamerastativ gestellt, Hände greifen nach Filterfolie und befestigen sie mit Klammern an den geöffneten Klappen. Die Maskenbildnerin schiebt sich an mir vorbei durch den schmalen Gang des Spätkaufs. Ich höre Felix zu, wie er mit den Schauspielern über die bevorstehende Szene spricht. »Genau, er ahnt noch gar nicht, dass ihn alle ignorieren werden und er das Geld nicht bekommt. Vielleicht kannst du versuchen, seine Verwunderung ohne Worte irgendwie rüberzubringen?« Elisabeth stößt mich in die Seite, drückt mir den Sprinterschlüssel in die Hand. »Hinten neben dem Tonequipment liegt eine Rolle Molton, kannst du die holen?«

Draußen drücke ich auf den Knopf der Fernbedienung, die Blinker des Sprinters leuchten kurz auf, und die Verriegelung entsperrt sich mit einem Klicken. Ich hole den schwarzen Stoff aus dem Innenraum, ziehe mein Handy aus der Hosentasche und schreibe euch, dass ich morgen keine Zeit für unser Telefonat hätte. Auch die nächsten Tage werde ich beschäftigt sein und mich im Laufe der nächsten Woche bei euch melden. Ich lasse die Flügeltüren scheppernd zufallen.

Felix und ich treffen uns in einer Bar, und ich bedanke mich bei ihm für den Einblick in die Dreharbeiten. »Freut mich, dass ich dir helfen konnte. Was schaust du denn eigentlich so für Filme, wer ist dein Lieblingsregisseur?« Ich erzähle ihm, dass mein Lieblingsfilm *Extrem laut und unglaublich nah* ist. Er lächelt. »Das ist ja ein ganz gewöhnlicher Hollywoodstreifen. Am besten schaust du dir mal an, welche Filme in Venedig und Cannes so gelaufen sind und Preise abgeräumt haben. Wenn du willst, kann ich dir später eine Liste mit zwanzig oder dreißig Filmen schicken, die du unbedingt gesehen haben musst.« Er nimmt einen Schluck von seinem Bier, die Schaumkrone hinterlässt einen sich langsam auflösenden, weißen Streifen auf seiner Oberlippe. »Ich verabschiede mich morgen übrigens erstmal in den Urlaub, der Dreh hat ganz schön geschlaucht. Fliege mit meiner Freundin drei Wochen nach Griechenland und lasse mein Handy aus.«

Im Kulturkaufhaus Dussmann durchstöbere ich die Filmabteilung im ersten Stock. Ich greife nach DVDs und wende sie in meiner Hand hin und her, präge mir die Namen der Regisseure ein. Ich entfalte die ausgedruckte Liste mit den Empfehlungen von Felix, kaufe die Arthaus Premium Edition von *Außer Atem* und schaue den Film noch am selben Abend. Während meiner Internetrecherchen zu Jean-Luc Godard entdecke ich, dass es um die Sechzigerjahre in Frankreich eine Strömung namens Nouvelle Vague gegeben hat. Am folgenden Tag fahre ich erneut zu Dussmann und kaufe Truffauts *Sie küssten und sie schlugen ihn*. In den nächsten Wochen und Monaten baue ich mir eine kleine Sammlung auf, schalte die Audiokommentare der Regisseure ein, wann immer diese Option verfügbar ist, und verbanne die gewöhnlichen Hollywoodstreifen aus meinem Regal.

Meine Tage verbringe ich im großen Lesesaal der Staatsbibliothek, über Bücher zur Filmtheorie gebeugt. Ich komme mir sehr wichtig vor inmitten der konzentrierten Arbeitsatmosphäre und den über zwei Stockwerke zu allen Seiten sich erstreckenden Wandregalen voller Bücher, umgeben von

Menschen, die würdevoll durch den Raum schreiten. Beim Rascheln umgeblätterter Seiten versuche ich mir das Handwerk des Drehbuchschreibens beizubringen. Wie man Dialoge und Regieanweisungen verfasst, Szenen umreißt. Ich sehe mir den Drehplan des Kurzfilms an, die Disposition und Stabliste. In meinen Pausen schaue ich aus dem Fenster und male mir aus, mit einer kleinen Crew und etwa zweitausend Euro Budget in vier Tagen einen eigenen Kurzfilm zu drehen. Ich sage mir: Wenn Felix es geschafft hat, werde auch ich es schaffen.

Nachts arbeite ich nun als Aufbauhelfer bei Veranstaltungen und Konzerten. Im Tempodrom, dem CityCube und der O2 World entlade ich Transporter mit bis an die Decke gestapelten Rollkisten, verlege kiloschwere Starkstromkabel, schlage mit einem Hammer auf Traversenbolzen, stelle unzählige Stühle in Reihe auf. Nach den Schichten spüre ich jede Faser meines Körpers, aber ich fühle mich zumindest nicht öffentlich erniedrigt. An einem Tag entdecke ich in der U-Bahn auf dem Weg zur Arbeit eine Werbefolie zur Plasmaspende, und schon bald fahre ich jede Woche in die Charité und verdiene vierzig Euro dazu.

(Deine Schichtarbeit, Papa. Zum ersten Mal habe ich verstanden, welche Auswirkungen diese Arbeit auf den Körper hat – und auf den Geist. Ich hatte es romantisiert.)

Am ersten Weihnachtstag sitzen wir auf dem Ecksofa im Wohnzimmer. Ich habe euch ein Dreivierteljahr nicht gesehen, und mit meinen Augen taste ich die Konturen eurer Gesichter ab, versuche mich daran zu erinnern, wie ihr während meines letzten Besuchs ausgesehen, wie ihr euch in der Zwischenzeit verändert habt. Es scheint mir, als wäre ich nicht von einem Ort zum anderen gereist, sondern in der Zeit zurück. Ich nehme alles von außen wahr, als jemand, der nicht mehr dazugehört. In der Nacht zuvor lag ich in meinem früheren Bett, über dessen Fußende meine Beine hinaushingen, zwischen Stofftieren und eingehüllt in Fanbettwäsche von Borussia Dortmund. Ich habe Angst, derselbe geblieben zu sein, und klammere mich an mein neues Selbstbild. Vor dem Fernseher gehe ich in die Knie und öffne eine DVD-Hülle.

»Wie lange geht denn der Film?«

»Wollt ihr nicht erstmal wissen, worum es geht?«

»Ja, worum geht es denn?«

»Der Film heißt *Vier Monate, drei Wochen und zwei Tage* und spielt im kommunistischen Rumänien der Achtziger. Es geht um eine junge Frau, die eine illegale Abtreibung vornehmen will. Er hat vor einigen Jahren übrigens die Goldene Palme gewonnen, das ist so ziemlich der wichtigste Filmpreis der Welt«, sage ich und schiebe die Disc ins Laufwerk.

Während des Films stößt du oft tief und schwer den Atem aus, Papa. Du stehst auf und gehst in der Wohnung umher, verschwindest für Minuten in der Küche, kommst mit einer Schale gesalzener Erdnüsse zurück. Ich zähle die Sekunden deiner Abwesenheit und kann mich nicht auf die Bilder konzentrieren, drücke bei deinem zweiten oder dritten Verschwinden aber nicht länger auf Pause. Als der Abspann läuft, breche ich unser Schweigen. »Und, wie findet ihr den Film?«

(War es die Rache für meine Gleichgültigkeit, oder beziehe ich deine Reaktion zu sehr auf mich? Am Tag zuvor hast du von deinem Job als Heizungsableser erzählt, wie du blaue Zehen vom vielen Bücken bekommen und Paracetamol gegen deine Rückenschmerzen geschluckt hast. Statt darauf einzugehen, habe ich von meinen Plänen erzählt, bald einen eigenen Kurzfilm drehen zu wollen.

Was du nicht gewusst hast: Ich selbst hatte einen ganz ähnlichen Job, habe mir die Nächte um die Ohren geschlagen und versucht, einem mir vorgezeichneten Leben zu entkommen. Auch meine Zehen waren blau vom Tragen der Stahlkappenschuhe.)

Im Sommer habe ich das Geld gespart, ein Drehbuch geschrieben und auf Karteikarten die einzelnen Szenen ausgestaltet. Das Konzept ähnelt den realistischen Filmen, die ich in den vergangenen Monaten fast ausschließlich gesehen habe, mit einer Protagonistin, der eine Handkamera semidokumentarisch folgt. Die Hauptrolle habe ich auf Almila zugeschrieben. Wir haben uns beim Dreh kennengelernt, sie ist geschmeichelt und nimmt das Angebot trotz meiner Unerfahrenheit an. Ich schicke eine E-Mail an die Crewmitglieder, die Felix geholfen haben, und erwähne, dass Almila dabei sein wird. Einige schließen sich mir an. Ich organisiere das Equipment, die Drehorte, und schicke den Drehplan herum.

Im weißen Hemd stehe ich in einem Café in Friedrichshain. Ich habe die Ärmel hochgekrempelt und gebe Regieanweisungen, unterstreiche meine Worte mit ausladenden Gesten. In meiner Brusttasche ein ausgedrucktes Foto von Jim Jarmusch. »Vielleicht könnt ihr versuchen, ein bisschen mehr Intensität in die Szene reinzubringen? Zwischen den beiden ist schließlich etwas Unaussprechliches vorgefallen, sie haben sich seit Jahren nicht gesehen.« Ich setze die Kopfhörer auf, eine Tonangel schwebt zurück über den Bildausschnitt. »Und bitte.« Die Stirn in Falten gelegt, scheint es mir, als spiele auch ich bloß eine Rolle.

Nach dem letzten Drehtag in einer stillgelegten, zum Filmmotiv umfunktionierten Lungenklinik am Wannsee fahre ich mit Almila und Ayşe im Sprinter zurück in die Stadt. Auf der Autobahn drehen die beiden den Regler der Anlage auf und beginnen laut zu *Dancing in the Moonlight* mitzusingen.

Felix hält meine Bewerbungsmappe in der Hand. »Hut ab, was du da auf die Beine gestellt hast, genau das wollen die in der Kommission sehen.« Er hebt sein Bierglas, wir stoßen an. »Die Story um diese Tochter-Vater-Beziehung hat mich übrigens echt gefesselt. Und Almila ist einfach eine tolle Schauspielerin, da hast du einen Glücksgriff gemacht.« Er zündet sich eine Zigarette an, nimmt zwei kräftige Züge. »Vielleicht hast du generell ein bisschen zu viele Leerstellen gelassen, als Betrachter hab ich mich in manchem Moment etwas verloren gefühlt. Aber immer noch besser, als alles überdeutlich zu machen. Vielleicht ist das sogar eine Stärke, nicht an die Hand genommen zu werden.« Er tippt die Aschehaube von der Glut, blättert in den Unterlagen. »Deine Filmanalyse ist solide, da wird aber sowieso nicht so ein großes Augenmerk drauf gelegt. Finde ich übrigens gut, dass dein Spielfilmexposé auf dem Kurzfilm basiert und eine Weiterentwicklung davon ist. Genau das wollen die ja sehen, dass du eine Vision hast. Glaube, du hast eine Chance, zur Prüfung solltest du mindestens eingeladen werden.«

»Wieder eine Absage? Das tut uns leid«, sagt ihr am anderen Ende der Leitung. »Was steht denn diesmal drin?« Ich entfalte das Schreiben und lese euch vor. *Die Arbeitsproben zeigen erkennbare Fähigkeiten zur audiovisuellen Gestaltung, jedoch noch zu ausgeprägte Tendenz zur Nachahmung herkömmlicher Muster beziehungsweise zu großen Mangel originär künstlerischer Ansätze. Beobachtungsgabe und Problembewusstsein sind in Ansätzen zu erkennen, zeigen jedoch noch zu wenig Fähigkeit zur künstlerischen Abstraktion. Analysefähigkeit und Strukturbewusstsein sind erkennbar, überzeugen mangels eigener Kontextualisierung aber nicht genügend.*

Ich sitze in der Bibliothek und versuche die Worte des Absageschreibens zu entschlüsseln. Was ist mit originär künstlerischen Ansätzen gemeint? Was mit künstlerischer Abstraktion? Habe ich die Analyse nicht in Kontext zum filmischen Realismus gestellt? Mich überkommen Gähnattacken von der gestrigen Nachtschicht, ich lege den Kopf auf die Arme und schlafe am Tisch sitzend einfach ein. Das Vibrieren meines Handys weckt mich. Eine Nachricht von Felix erscheint auf dem Display. *Heftig. Na ja, aber einen Versuch hast du noch. Einfach nochmal einen Film drehen. Brauchst halt auch Glück. In meinem Jahrgang studiert eine Schauspielertochter, die hat gar nichts drauf. Papa hat ihr natürlich reingeholfen. So jemand kann dir natürlich den Platz wegschnappen. Bin jetzt erstmal für ein halbes Jahr in den USA. Halt die Ohren steif.*

Die folgenden Monate sind in ein Dämmerlicht getaucht. Ich schreibe ein neues Drehbuch und versuche einen weiteren

Dreh anzustoßen, aber viele der damaligen Crewmitglieder sind eingespannt in andere Projekte. Manch einer will auch kein zweites Mal mit mir zusammenarbeiten, ich sei ganz furchtbar eingebildet gewesen. Auch Almila lehnt ab. »Hat echt Spaß gemacht, aber weißt du, mittlerweile werde ich für meine Arbeit bezahlt. Nichts gegen dich, aber ich kann mir das einfach nicht mehr leisten, umsonst zu schauspielern.« Ich schicke E-Mails an Schauspielagenturen, aber meine Anfragen bleiben unbeantwortet. Ich schreibe mich an der Humboldt Universität für Philosophie und Geschichte ein, besuche zwei Vorlesungen und setze danach keinen Fuß mehr ins Gebäude.

An drei aufeinanderfolgenden Tagen sitze ich in der Dunkelheit des Kino International und sehe mir *Das Salz der Erde* an. Während Sebastião Salgado zu dramatischen Melodien aus dem Off spricht, ziehen seine Fotografien von Hungersnöten im Sahelgürtel über die Leinwand. Tote Kinder werden von ihren Eltern mit dem letzten verbliebenen Wasser gewaschen, und die Kleider hängen ihnen in Fetzen an den ausgemergelten Körpern. Das zur Schau gestellte Leid und die musikalische Untermalung lösen etwas in mir, und zum ersten Mal seit Jahren laufen mir Tränen übers Gesicht. Ohne es mir eingestehen zu wollen, weine ich nicht aus Mitgefühl, sondern aus Trauer um meine geplatzten Träume. Etwas ist zu Ende gegangen, und ich weiß nicht, wie es weitergeht.

Vicky und ich verschlafen unsere Tage. Während ich meine Nächte damit verbringe, Kabeltrommeln aufzurollen oder auf Händen und Füßen unter Bühnenelemente zu krabbeln, geht sie in Clubs und schläft bis zum Mittag. Sie schlurft mit Hausschuhen über das Laminat, lässt die Türen ins Schloss fallen, dass die Wände zittern, poltert mit Töpfen. In der Küche stellt sie Parfüm her, rührt Cremes und Seifen in Schüsseln an. Der Geruch von Lavendel hängt in der Luft. Sie gähnt. »Bist du auch so müde wie ich?«

Bei meinem nächsten Besuch sitzen wir uns am Küchentisch gegenüber. Ihr amüsiert euch über meine Kleidung und fragt mich, ob ich von einer Beerdigung käme. »Oder warum rennst du nur noch in schwarzen Klamotten durch die Gegend?« Auf euer Lachen reagiere ich mit Schweigen. Ihr werft euch Blicke zu, haltet das Besteck verkrampft in den Händen, räuspert euch. Die Stille zwischen uns lädt sich mit Spannung auf.

»Weißt du, wir machen uns schon manchmal unsere Gedanken. Dein Cousin ist seit zwei Jahren mit seiner Ausbildung fertig. Und du bist jetzt mittlerweile auch schon zweiundzwanzig und drehst immer noch Däumchen. Langsam musst du vielleicht mal einsehen, dass du nicht das Zeug zum Filmemacher hast.«

»Ist ja auch kein Wunder, wenn ich Eltern wie euch habe, die überhaupt keine Ahnung haben von Kunst und Kultur.« Ich lege mein besserwisserisches Lächeln auf. »Wisst ihr eigentlich, wie viel ich aufzuholen habe? Wegen euch schaffe ich es nicht.«

»Was haben wir bloß bei dir falsch gemacht.«

(Habt ihr mir mit euren Ordnungsrufen ein euch so schmerzlich vertrautes Leben bestimmt von Geldsorgen ersparen wollen? Weil euch genauso undurchsichtig war wie mir, wohin meine Anstrengungen eigentlich führen sollten?

Was ich weiß: Wir sind uns ähnlicher, als ich zugeben möchte. Leichter als geglaubt falle ich in frühere Sprachmuster zurück, sage wat und dat statt was und das. Sage Buchse statt Hose, Matte zu langen Haaren, und Es fisselt, wenn es draußen nieselt. Benutze Redewendungen, deren Inhalte ich als Gemeinplätze zu bezeichnen begonnen habe. Geld allein macht auch nicht glücklich.)

Eines Nachts begegne ich Alexandre. Er erledigt die Arbeit mit derselben Gleichgültigkeit wie ich, und während die anderen sich in der Pause im Kreis versammeln und über das anstehende Länderspiel sprechen, sitzt er am gegenüberliegenden Ende des Konferenzsaals. Den Rücken an die Wand gelehnt und seine Schiebermütze in die Stirn gezogen, ist er in ein Buch vertieft. »Darf ich mich zu dir setzen?« Er schaut kurz auf und nickt. Wir schweigen eine Weile, bis er das Buch zuklappt und auf seinen Schoß legt. »Was treibst du in Berlin? Wenn du dir nicht gerade die Nächte um die Ohren schlägst, meine ich.« Ich erzähle ihm von meinem Kurzfilm, der Filmuniversität und dem Drehbuchentwurf. Er erzählt mir von seiner Arbeit als freiberuflicher Fotograf und der Abneigung, den Auftraggebern wegen der Bezahlung hinterherlaufen zu müssen. »Dann sind wir wohl beide gerade ein wenig verloren, was?«

Ein Ruf hallt durch den Saal, wir ziehen unsere Arbeitshandschuhe an und treten hinaus in die Ladezone. Die aufgehende Sonne taucht die Unterseite der an den Rändern zerfransten Wolken in rosa Licht. Ein Vierzigtonner fährt vor und setzt mit einem Piepton entlang der gelben Markierungen zurück. Die Doppeltüren werden geöffnet, eine Rampe wird angesetzt, und wir schieben die Rollkisten mit Anlauf in den Laderaum. Kälte dringt in meinen Körper und eine bleierne Müdigkeit legt sich über mich.

Ich drücke ein mehrfach überklebtes Klingelschild in einem Hochhaus auf der Wilhelmstraße. Der Summer ertönt, ich stoße die Tür auf und trete in eine Aufzugkabine, deren Spiegelwände mit eingeritzten Zeichen bedeckt sind. Oben lehnt Alexandre im Türrahmen. »Na, hast es gefunden?« Er führt mich durch die Wohngemeinschaft, die sich über drei durch eine Wendeltreppe miteinander verbundene Etagen erstreckt. Sein Zimmer liegt im achten Stock des Hauses, an das sich ein kleiner Balkon anschließt, auf dem ein abgenutztes Sofa und das Gerippe eines verdorrten Tannenbaums stehen.

Während wir vor seinem Computer sitzen, spielt er mir eines seiner Mixtapes vor, düstere Musik, untermalt von Dialogfetzen aus Stanley Kubricks *Dr. Strangelove* und Auszügen aus den *Charles-Bukowski-Tapes*. Er klickt sich durch Ordner und zeigt mir Projekte, darunter eines mit dem Titel *All Cities Are Beautiful*, zu dem er im Laufe der Zeit einige hundert Fotos gesammelt hat. Durch das Mittel der Straßenfotografie versucht er darin das Schöne im Alltäglichen einzufangen, erklärt er mir.

Auf meine Bitte hin kramt er Fotobücher hervor. Trotz des Chaos – auf seinem Bett, dem Schreibtisch, selbst auf dem Fußboden liegen Bücher herum, in denen Notizzettel mit seiner krakeligen Schrift stecken – weiß er genau, welches Buch wo zu finden ist. Er drückt mir *Grundlagen der Fotografie* in die Hand und einen Band mit dem Titel *The Americans.*

Ich nehme auf einem Drehstuhl Platz. Ein schwarz glänzender Stoff wird mir umgeworfen, eine Schere bewegt sich um meinen Kopf, und nach und nach fallen meine fettigen Strähnen zu Boden. Ein erschrockener Blick begegnet mir im Spiegel. »Sie sind ja ein ganz anderer Mensch.« Aus Verlegenheit fasse ich mir in den Haaransatz. Bei jeder Gelegenheit habe ich es mir hinter mein linkes Ohr gestrichen, und träge ist es zurückgefallen. Jetzt bekomme ich es kaum zwischen meinen Fingerspitzen zu fassen.

Als ich Vicky in der Küche begegne, weiten sich auch ihre Augen. Dann fängt sie an zu lachen. »Jetzt sieht man dein Gesicht ja endlich wieder, ohne die ganzen Haare! Hatte immer das Gefühl, du hast dich dahinter versteckt.«

An Wochenenden treffen Alexandre und ich uns an der S-Bahn-Station Warschauer Straße und spazieren durch die Stadt. Wir fotografieren die Umgebung, manchmal trennen sich unsere Wege und wir finden eine Stunde später wieder zusammen. Wir setzen uns vor einen Spätkauf an eine Straßenecke, trinken Espresso und rauchen Zigaretten. In seiner Hosentasche hat Alexandre Münzen griffbereit, falls jemand nach Kleingeld fragt.

Mit meiner um den Hals hängenden Analogkamera begleite ich Demonstrationen gegen den drohenden Abriss zweier Wohnhäuser, reise im Nachtzug nach Budapest und mit einer Fähre nach Göteborg. Ich versuche alltägliche Situationen aufzuspüren, ihre Bedeutung in entscheidenden Momenten festzuhalten, Personen selbstvergessen in einer Tätigkeit einzufangen, und dabei unbemerkt zu bleiben. Zu Hause entwickle ich die Filme im fensterlosen Badezimmer, hänge sie über die Stange des Duschvorhangs und beschwere die Enden mit Wäscheklammern.

(Ich habe kaum noch an euch gedacht, bin zu sehr mit mir selbst beschäftigt gewesen. Unsere Telefonate sind mir vorgekommen wie eine lästige Pflicht. Erst am Sonntagvormittag ist es mir eingefallen, und mich hat ein Gefühl der Schwere befallen.

Während Papa in der Reklame geblättert hat, hast du die Stille zwischen uns mit deinem Redefluss zu überspielen versucht. Doch auch dir sind wegen meiner Einsilbigkeit irgendwann die Worte ausgegangen. »Willst du deinen Sohn nicht auch mal was fragen?« Hat dich meine scheinbare Freiheit vielleicht an deine Unfreiheit erinnert, Papa? Oder habe ich mich dir so sehr entzogen, dass du gar nicht mehr gewusst hast, wer ich eigentlich bin?)

Ich schneide Filmstreifen in Stücke zu je fünf Bildern, klemme sie in eine Schiene und schiebe die in den Negativscanner.

»Drei deiner Fotos sind echt gut.« Alexandre deutet auf den Bildschirm. »Das hier von dem Bullen auf der Demo gefällt mir, wie er im Halbprofil vor der Häuserflucht steht, die Reihe seiner Kollegen im Hintergrund. Den alten Mann mit seinem langen Mantel mag ich, wie er die Straße überquert und sein gespreizter Schritt irgendwie so symmetrisch zum Winkel seines Gehstocks verläuft. Das hat was von Cartier-Bresson«, sagt er und fährt mit dem Zeigefinger die Linien nach. »Und dann noch das von dem schäbigen Haus in Budapest. Der bröckelnde Putz, das an die Wand genagelte, auf dem Kopf stehende Kreuz und der Mann, der mit seinem Unterhemd im Fensterrahmen lehnt.« Er kratzt sich am stoppeligen Kinn. »Der Rest ist fast alles Schrott, muss ich dir leider so direkt sagen. Aber vielleicht solltest du dich trotzdem mal mit einer Mappe an der Fotografieschule bewerben? Kostet allerdings richtig Patte dort, vierhundertsechzig Euro im Monat.« Eine Zigarette schwelt im gläsernen Aschenbecher, der Rauch kräuselt sich zur Decke hinauf. »Hab mich da mal beworben und sogar einen der wenigen Plätze ergattert. Aber dann hat sich das mit der Finanzierung zerschlagen.« Er greift zur Zigarette. »Tja, so läuft das.«

Im Philosophie Magazin entdecke ich einen Artikel über den Schriftsteller Karl Ove Knausgård. Ich lese seinen sechsbändigen Romanzyklus und beginne, an einem Roman zu arbeiten über einen jungen Mann auf der Suche nach seinem Platz in der Welt. Alexandre leiht mir Bücher (*Der Steppenwolf*, *Der Fremde*, *Der Mann mit der Ledertasche*), und ich verfasse regelmäßig kurze Texte für seinen Blog namens Tand. »Ist gut, was du schreibst, ich mag diese Art Tagebuchauszüge.« Ich entdecke, dass es in Leipzig ein Literaturinstitut gibt, an dem man Literarisches Schreiben studieren kann, und bewerbe mich dort mit meinem Romanauszug. Im Schreiben lassen sich Dinge festhalten, die mit Bildern nicht einzufangen sind. Ich bin auf niemanden angewiesen. Meinen Fotoapparat benutze ich kaum noch.

Zwei Monate später trifft der Brief ein. Ich bin zur Eignungsprüfung eingeladen worden. Ob ich mich bitte im Sekretariat melden könne, um den angesetzten Termin zu bestätigen? Jeden Tag besuche ich die Webseite des Instituts, betrachte das Foto von der Jugendstilvilla mit den davor wuchernden Trauerweiden. Ich male mir mein neues Leben in Leipzig aus, wie ich meine Tage in Cafés verbringe und vor dem Laptop sitzend Wörter aneinanderreihe. Mein Leben in

Berlin kommt mir vor wie eine Sackgasse. Ich will sein, wo mich niemand kennt und ich noch einmal von vorn beginnen kann. Ich will Zeit und Raum zum Nachdenken, um die vergangenen Jahre zu sortieren. Im Wartezimmer eines Zahnarztes trage ich beim Ausfüllen des Fragebogens in das Feld Beruf *Schriftsteller* ein.

»Ich habe vor, demnächst auszuziehen und zurück nach Zypern zu gehen.« Vicky hockt im Schneidersitz auf meinem Bett, die Hände im Schoß gefaltet. Sie hat helles Puder aufgelegt, um ihre Akne zu verdecken. Ihr blasses Gesicht ist so weiß wie ihre Schneidezähne. »So bald wie möglich eigentlich. Meiner Mutter geht es nicht gut, außerdem will ich ein kleines Geschäft aufmachen und dort meine selbst gemachten Pflegeprodukte verkaufen. Eine Bekannte meiner Schwester meinte letztens, in Nikosia steht ein Ladengeschäft leer. Sie hat den Zettel im Fenster abfotografiert und mir gestern geschickt, habe dann heute mit dem Eigentümer telefoniert. Könnte es sofort anmieten, ist auch gar nicht mal so teuer.« Ihre Lippen formen sich zu einem Lächeln. »Was ist mit dir, willst du die Wohnung übernehmen, oder suchst du auch das Weite?«

Ich sitze am Steuer eines Miettransporters. »Dreihundert Euro warm für eine Wohnung ganz für dich allein, sagst du?« Alexandre kurbelt die Fensterscheibe runter, nimmt einen letzten Zug von seiner glimmenden Zigarette, lässt sie im Fahrtwind verglühen. Funken stieben umher. »Da bin ich ja mal gespannt, was das für eine Bruchbude ist.« Er versenkt die Kippe zischend in einer leeren Coladose. Wir lachen. Im Scheinwerferkegel treten die weißen Mittelstreifen einer nach dem anderen in mein Sichtfeld, dehnen sich aus, je näher sie kommen, und werden vom Unterboden verschluckt. Ich betätige den Blinker, nehme die Autobahnabfahrt und biege auf eine Bundesstraße ab.

Wir tragen meine Sachen in den zweiten Stock eines Eckhauses im Osten der Stadt und setzen uns anschließend auf den Bürgersteig vor das Haus. Kreischende und lachende Kinder auf Fahrrädern drehen Runden um den Block und erscheinen im Minutentakt vor unseren Augen. Die marode Fassade des leer stehenden Altbaus gegenüber ist mit grün schimmernden Netzen umspannt. Alexandre schaut auf die Uhr. »Wird jetzt, glaube ich, langsam mal Zeit für mich.« Wir umarmen uns. »Drück dir die Daumen wegen der Prüfung«, sagt Alexandre, als er sich aus meiner Umklammerung befreit. »Wird schon.« Er geht in Richtung Bahnhof, und ich blicke ihm nach.

Ich ziehe mein Handy aus der Hosentasche und schreibe euch, dass ich heute umgezogen bin und jetzt in Leipzig wohne. Im Glauben, mit meinem vorzeitigen Umzug irgendwie die Zusage erzwingen zu können – aber das verschweige ich euch.

Ich verbringe meine Tage in der neuen Wohnung und genieße die Stille. Kein Verkehrslärm dröhnt ins Zimmer, keine zuschlagenden Türen schrecken mich auf, kein Gitarrengeklimper dringt durch die Wände. Nach und nach packe ich die Umzugskartons aus und arrangiere meine wenigen Möbel in den Räumen. An manchen Nächten stehe ich am geöffneten Fenster, blicke auf die Gleise und lausche dem gedämpften Rattern der Güterzüge. Zum ersten Mal habe ich meine Zeit ganz für mich allein – zumindest für ein paar Wochen, bis mir das Geld ausgeht. In den vergangenen Monaten habe ich zusätzliche Nachtschichten eingelegt, um für den Umzug zu sparen, und einen kleinen Betrag beiseitegelegt. Ich gehe barfuß über den Korkboden, meine Einsamkeit schwillt an und ebbt ab, bis mein Kontostand mich nach draußen treibt.

Vor der Universität lehnt eine Gruppe junger Leute an der Steinmauer gegenüber dem Konsum. Sie tragen Käppis mit hochgeklappten Schirmen, Hüftbeutel und an den Knien löchrige Leggins unter kurzen Arbeitshosen. Funkgeräte klemmen an ihren Umhängetaschen, aus deren Lautsprechern blecherne Stimmen tönen. Ihre Fahrräder lehnen neben ihnen an der Mauer. Bei jedem ihrer Schritte ist ein Klacken zu hören, als hätten sie Metall unter den Schuhen. Wortfetzen verschiedener Sprachen dringen zu mir durch, und ich nehme meinen Mut zusammen und spreche sie an.

Am nächsten Tag folge ich Jeremie mit meinem klapprigen Fahrrad durch den Stadtverkehr. Wir kommen an der Sternburg Brauerei vorbei, die von unzähligen roten Bierkästen umstanden ist, und im Windschatten eines Linienbusses strömen uns warm die Abgase entgegen. Ich halte die Luft an und schere hinter Jeremie auf die Gegenfahrbahn aus, biege gerade noch rechtzeitig vor einem anrauschenden Lieferwagen in eine Seitenstraße. Im nächsten Moment werde ich vom Kopfsteinpflaster durchgeschüttelt. Jeremie hält vor einem gläsernen Bürogebäude und wirft die Tasche über seine Schulter. Er holt einen braunen Umschlag hervor, betrachtet mein gerötetes Gesicht und lacht. »Alles gut?«

Am Wochenende will ich mich auf das anstehende Gespräch am Literaturinstitut vorbereiten. Ich weiß nicht, was mich erwartet, und suche auf der Webseite nach Hinweisen. *Bei der Eignungsfeststellungsprüfung handelt es sich um ein individuelles Gespräch mit Lehrenden und Studierenden von rund einer Stunde Dauer*, lese ich. *Spezielle Vorbereitungstipps unsererseits sind nicht möglich.* Ich überlege mir Erklärungen zu meinem Text und versuche für mich zu beantworten, was den Anstoß zum Schreiben gegeben hat. Ich scrolle durch die Liste der Lehrenden, lese die Kurzbiografien und grübele eine halbe Stunde darüber, ob ich mir Fragen zu den von ihnen veröffentlichten Büchern ausdenken soll. Oder wird es in dem Gespräch nur um mich gehen?

»Nicht so schüchtern, treten Sie ein.« Mit einer Handbewegung deutet ein Mann ans andere Ende des Tisches. Neben ihm sitzen ein weiterer Prüfer und ein junger Mann, dessen Hemdkragen unter seinem Pullover hervorragt. Ich trete über die Schwelle und setze mich. Ein Lichtstreifen fällt schräg über das Parkett auf die Bücherwand. Zu meiner Rechten protokolliert eine junge Frau das Gespräch. »Was lesen Sie denn gerade? Erzählen Sie mal.« Ich berichte, mir vor Kurzem die Romane von Dostojewski gekauft zu haben, nacheinander alle lesen zu wollen und mit *Der Idiot* begonnen zu haben. »Da haben Sie sich aber etwas vorgenommen. Welche Übersetzung lesen Sie denn?« Ich gerate ins Stocken und beschreibe die Ausgabe des Piper Verlags. »Das wird dann wohl die angestaubte von Rahsin sein. Inzwischen gibt es Neuübersetzungen von Swetlana Geier, das wissen Sie schon, oder?« Im Tonfall seiner Stimme liegt eine gewisse Distanz. »Und wer sind Ihre Lieblingsschriftsteller?« Ich sage, dass mir Hermann Hesse besonders gut gefalle. Einer der Prüfer lacht. »Sind Sie nicht ein bisschen zu alt für Hesse? Den liest man doch in seiner Jugend, und nicht mit Anfang zwanzig.« Die Protokollantin rutscht unruhig auf ihrem Stuhl hin und her. »Haben Sie denn bereits irgendwo Texte veröffentlicht?« Ich erzähle vom Blog, den ein Freund von mir betreibt. »Und in Zeitschriften und Magazinen haben Sie noch nichts veröffentlicht?« Ich verneine. Die drei blättern in meinen Unterlagen. »Kommen wir zu Ihrem Text.« Der junge Mann im Hemdkragen räuspert sich. »An wen ist der überhaupt gerichtet«, sagt er. »Ich sehe den Sinn darin nicht, für mich gibt es keinen Erzählanlass. Außerdem kommen mir die Gedanken darin doch ziemlich banal vor.«

Eine Woche später entdecke ich ein Schreiben im Briefkasten. Ich reiße den Umschlag auf. *Nach Abwägung aller Aspekte, die sich aus der Prüfung der eingereichten literarischen Arbeitsproben und dem Gesprächsverlauf während der Eignungsprüfung erge-*

ben haben, sind wir leider mehrheitlich zu der Ansicht gekommen, dass uns Ihre Teilnahme am Bachelorstudiengang zum gegenwärtigen Zeitpunkt als nicht sinnvoll erscheint. Ich tröste mich damit, aus hunderten von Bewerbungen immerhin zum Gespräch eingeladen worden zu sein, und mich ja auch erst seit einigen Monaten ernsthaft mit Literatur zu beschäftigen. Im nächsten Jahr werde ich mich erneut bewerben und die Zeit nutzen, um mehr zu lesen und weiter an meinem Text zu arbeiten. Ich werde ihnen keine andere Wahl lassen, als mich anzunehmen.

(Das immer wiederkehrende Gefühl, verlorene Zeit aufholen zu müssen. Ich muss mehr lernen, mehr nachdenken, mehr verstehen. Immer im Hintertreffen zu sein, kommt euch das bekannt vor?

Auch du hast deine Erfahrungen mit dieser Art von Gesprächen gemacht, Mama. Mehrmals hast du dich bei der Sparkasse beworben, nie wurdest du ausgewählt. Du weißt genauso gut wie ich: Ein sicheres Auftreten, die richtigen Referenzen, ein Bekannter in der Personalabteilung – das war es, was zählte. Stallgeruch ging über deine guten Noten.)

Ich betrete die Globus Apotheke durch den Boteneingang und verschaffe mir einen Überblick über die auf dem Tresen aufgereihten Papiertüten. Mit Hilfe meines Handys lokalisiere ich die Adressen in der Umgebung und bastele mir eine Strecke zusammen.

Ich bahne mir meinen Weg durch Reudnitz, und um die Brücke auf der Riebeckstraße zu meiden, deren Belag einer

Kraterlandschaft gleicht, nehme ich die Abkürzung durch den Lene-Voigt-Park. Über Kleinanzeigen habe ich ein altes Rennrad besorgt, und in einer Selbsthilfewerkstatt Gangschaltung und Hinterradbremse abmontiert, den Freilauf durch ein starres Ritzel ersetzt. Seit ich mit Klickschuhen und starrem Gang fahre und über die Pedale bremse, bin ich ganz mit meinem Rad verschmolzen – den Bremshebel habe ich seit Wochen nicht benutzt. Es gibt weder Zeit noch Raum für irgendwelche Gedanken.

Ich drücke Klingelschilder und steige knarzende Treppenstufen hinauf, und nachdem ich Geld und Rezepte zurückgebracht habe, bringe ich die Lieferungen vom Zoo zur Tierklinik in die Pathologie. Durch eine der Plastiktüten schimmert der Panzer einer toten Schildkröte hindurch. Am späten Nachmittag lasse ich mich aufs Sofa fallen und schlafe vor Erschöpfung ein. Obwohl ich beinahe dreißig Stunden in der Woche auf dem Fahrrad sitze, bleiben mir nach Abzug von Krankenversicherung und Miete weniger als zweihundert Euro zum Leben. Wie die anderen auch, arbeite ich scheinselbständig auf Gewerbeschein und zahle jeden Monat dreihundertsechzig Euro an die BG Verkehr.

An meinen freien Tagen versuche ich die Konturen meines Romanprojekts zu schärfen. Statt meinen Protagonisten auf Sinnsuche zu schicken wie bisher, will ich in lakonischen Sätzen darstellen, wie er seine künstlerischen Ambitionen aufgibt und einen gut bezahlten Job in einem Start-up-Unternehmen annimmt, wo er seine Zeit und Energie für die Entwicklung einer App einsetzt statt für eigene Projekte, und das daraus entstandene Unwohlsein wegzutherapieren versucht. Für mich gehört er mittlerweile in die Reihe literarischer Figuren, die sich in die Gleichgültigkeit zurückziehen, wie Meursault oder der namenlose Soziologiestudent aus Georges Perecs *Ein Mann der schläft*. Nur eben in die Gegenwart gebracht. Für das Pathos von Hermann Hesse bin ich wirklich zu alt.

Im Peter K. lerne ich Albano kennen, Melodie und Benza, Hannes und Jorrit. Ihre Gesichter kenne ich bereits von flüchtigen Begegnungen auf der Straße, bei denen sie mein Winken nur mit einem Nicken erwidert haben. Was ich als Arroganz aufgefasst habe, stellt sich als Ausdruck ihrer Schüchternheit heraus. Mit der Zeit öffnen sie sich mir, berichten von einem abgebrochenen Studium an einer Kunsthochschule, vom Aufwachsen mit einem geistig und körperlich behinderten Bruder, von einer zu früh verstorbenen Freundin, vom Schreiben an einer Doktorarbeit. Ich höre ihnen zu und habe das Gefühl, meinerseits nichts zu erzählen zu haben.

Sie leben in Hausprojekten, und jeder von ihnen scheint einen ganz eigenen Kleidungsstil zu besitzen. Nach und nach lege ich mein glattes Äußeres ab, miste ein weiteres Mal meinen Kleiderschrank aus. Ich kaufe in Secondhandläden ein, doch scheint es mir, als würde ich mich bloß verkleiden, wie die uniformen Studenten mit Topfschnitt und ihren bunten Windjacken aus den Achtzigern, die in der Abendsonne ausgelassen auf den Brücken zusammensitzen. Ich lege meine Matratze auf gestapelte Paletten und tausche meinen Sessel gegen einen antiken Lehnstuhl, den ich auf einem Sperrmüllhaufen gefunden habe.

In den Sommerferien besucht ihr mich, und seid dabei ganz um die praktischen Dinge besorgt. Mit in die Hüften gestemmten Armen blickt ihr auf die kahl von der Decke baumelnde

Glühbirne und das überquellende Bücherregal. »Mensch, wie haust du hier eigentlich?« Wir machen einen Ausflug zu IKEA, so sehr ich mich auch dagegen sträube. »Jetzt sind wir doch mal mit dem Auto da.« Den Nachmittag verbringen wir damit, einen wegen einer Delle um dreißig Prozent reduzierten Lampenschirm im Industriedesign anzubringen, und ein zweites BILLY-Regal aufzubauen. Am nächsten Tag geht es weiter. »Du musst auch mal ein bisschen Grund reinbringen, so würden wir nicht leben wollen.« Während ich staubsauge, schrubbt ihr mit einem essiggetränkten Tuch die verkalkte Duschkabine und fahrt mit einem Abzieher über die Plexiglasscheiben. Ich füge mich, schließlich verdeckt unser gemeinsames Tun die stockenden Gespräche. Unser Streiten ist von Sprachlosigkeit abgelöst worden. Oft wissen wir nicht einzuordnen, wie eine Aussage des anderen gemeint ist, versuchter Humor schwingt nicht selten um in Verwirrung.

Auf euren Vorschlag hin besuchen wir das Fotomuseum. Wir schlendern den über zwei Stockwerke entlangführenden Zeitstrahl entlang, der die Geschichte der Fotografie über die Jahrhunderte chronologisch nachverfolgt. Ich bleibe lange vor den gerahmten Fotos stehen und lese die dazugehörigen Texte, doch mit den Gedanken bin ich ganz bei euch. Egal was ihr tut, ob ihr interessiert Fragen stellt oder achtlos an mir ganz besonders wichtig erscheinenden Ereignissen vorübergeht, ich ärgere mich über euer Verhalten.

Auf dem Rückweg steuert ihr die Media City an, wo die Fernsehserie *In aller Freundschaft* gedreht wird – seit der Erstausstrahlung vor zwanzig Jahren verfolgt ihr beinahe jeden Dienstag die Folgen im Ersten. Ihr presst eure Nasen an die Glastür der Sachsenklinik, und ich brenne vor Wut und Scham, mit euch gesehen zu werden.

(Habt ihr deshalb den Besuch ins Museum vorgeschlagen, weil es zu den Vorlieben sogenannter gebildeter Menschen gehört? Weil ihr davon ausgegangen seid, mich damit glücklich zu machen?)

Ich halte an der Ampel neben Jeremie. Regen prasselt auf die Schirme unserer Käppis, und ich sehe die Wassertropfen an seinem Gesicht vorbeifließen. Wir stehen da und grinsen uns an, seine den Lenker umschließenden Finger heben sich zu einem kurzen Gruß. Die Ampel schaltet um, das Grün glänzt in den Pfützen. Wir stoßen uns ab und fahren weiter durch die menschenleeren Straßen. Meine Socken schmatzen, wenn ich in die Pedale trete, und meine Leggins klebt feucht an meinen Oberschenkeln, kühlt meine Haut. Ich denke an den Besuch seiner Mutter und daran, wie sehr die beiden einander ähneln, in ihren Ansichten und ihrer Erscheinung. Sie sind mir vorgekommen wie Freunde.

Im Winter sitzen wir zusammen mit den Obdachlosen vor der Glasfront des Konsums. Durch das Gitter unter unseren durchnässten Schuhen strömt Abluft, und die Passanten starren uns an und rümpfen angewidert die Nase. Monatelang ist der Schacht meine einzige Wärmequelle. Zu Hause drehe ich die Heizung ab, um Nebenkosten zu sparen. Nachts liege ich wach und warte darauf, dass die Körperwärme sich unter der Decke staut, und das Blut zurück in meine Gliedmaßen fließt. In der Dunkelheit kann ich meinen Atem sehen.

»Kann ich am Wochenende bei dir übernachten?« Ben schaut auf seine verschlissenen Barfußschuhe und wackelt mit den Zehen. Er trägt zwei verschiedene Socken. »Ist auch wirklich nur für zwei Nächte, versprochen.« Bis vor Kurzem habe er zur Zwischenmiete in einer Wohngemeinschaft gelebt, sagt er, und noch immer kein neues Zimmer gefunden. Die vergangenen Nächte hat er in einer Tiefgarage geschlafen. Neben uns hält Karsten ein altes Radio umklammert, dessen Antenne schräg absteht und im fahlen Sonnenlicht blitzt. Sein mit Pfandflaschen beladener Einkaufswagen blockiert den Gehweg. Aus den viel zu laut aufgedrehten Lautsprechern laufen verzerrt die Charts rauf und runter. Ein Auftrag wird über den Funk durchgegeben. Ben schwingt sich aufs Rad. Die Bremsbeläge seines alten Rennrads sind bis aufs Metall abgenutzt und zwingen ihn dazu, mit seinen Sohlen zu bremsen. Wie ich ist er eines Tages aufgetaucht und hat begonnen, als Kurier zu arbeiten.

Freitagabend erzählt Ben mir seine Lebensgeschichte. Wie sein Vater ihn und die Geschwister bei der depressiven Mutter zurückgelassen hat. Wie er die Schule geschmissen und in verschiedenen Städten als Modeverkäufer gearbeitet hat. Wie sich die Geschwister in alle Himmelsrichtungen verstreut haben und der Kontakt zu seiner Familie mit den Jahren abgebrochen ist. Wie er der Modewelt den Rücken gekehrt hat und seitdem keine Dinge mehr besitzen will, nicht einmal Bücher. Wie seine Mutter sich in eine Klinik einweisen lassen hat, und er bei seinem letzten Besuch ihren Anblick nicht ertragen konnte. Statt ihm aufmerksam zuzuhören, blicke ich abwechselnd auf die scharf aus seinem Gesicht hervortretenden Wangenknochen und die über ihm hängende Wanduhr, und sehe meine kostbare Zeit zum Lesen und Schreiben verstreichen.

Nachts werde ich von Rascheln geweckt. Durch die geschlossene Falttür höre ich, wie Ben in den Küchenschränken kramt. Ohne das Licht einzuschalten, schleicht er zurück ins Arbeitszimmer. Am nächsten Morgen ist er verschwunden, nur sein Geruch hängt noch in der Wohnung. Ich öffne zwei gegenüberliegende Fenster, doch selbst nach tagelangem Durchzug riecht es weiterhin nach einer Mischung aus saurem Schweiß, muffiger Kleidung und Verwesung. Ich inspiziere die Schränke und schiebe eine aufgerissene Packung auf. Einen Keks hat er übriggelassen.

In den folgenden Tagen lässt Ben sich nicht blicken. Auch am Konsum oder auf der Straße begegnen wir einander nicht. Der Gedanke, er könne jederzeit vor meiner Tür stehen, raubt mir die Konzentration, und in mir breitet sich die Angst aus, seine Lage könnte auf mich abfärben.

Statt mich bei ihm zu melden, stopfe ich die verstreut liegende Kleidung in seinen Rucksack und bringe ihn in die Zentrale. Erst dann schreibe ich ihm eine Nachricht. Ich sehe ihn noch ein letztes Mal am Konsum, aber ich kann ihm nicht in die Augen sehen. Ben verschwindet ebenso plötzlich aus unserem Kreis, wie er erschienen ist.

»Jetzt ist schon wieder Weihnachten, wie ist die Zeit bloß verflogen?« Mit spitzen Fingern klemmst du goldverzierte rote Kugeln an die Tannenzweige, Mama. Du wickelst eine Lichterkette um den Baum. »Ich hab da was für dich aufgehoben, fällt mir gerade ein.« Du räusperst dich, kramst in einem Stapel alter Zeitungen und entfaltest einen ausgeschnittenen Artikel. »Hab ich letztens entdeckt. Vielleicht kannst du was damit anfangen? Willst ja auch Bücher schreiben.« Ich überfliege das Interview mit einer bekannten Krimiautorin, belächle dich und sage, dass ich ernsthafte Bücher schreiben will und keine Schmöker. Ich falte den Artikel zusammen und drücke ihn dir zurück in die Hand. »Hätte ja sein können.« Du legst ihn auf den Glastisch und wendest dich wieder dem Tannenbaum zu. Seit meinem Auszug sind die Exemplare von Jahr zu Jahr kleiner geworden, mittlerweile steht der Baum erhöht auf einem tuchbedeckten Beistelltisch.

Später sitzen wir zusammen vor dem Fernseher. Während Papa sich durch die Programme zappt, vergräbst du deine Nase in aufgeschlagenen Seiten. »So ein neues Buch riecht doch immer toll, oder?« Ich beäuge den kitschig gestalteten Umschlag und kann mir ein schiefes Grinsen nicht verkneifen. Ich wende mich wieder *Böse Geister* in der Übersetzung von Swetlana Geier zu, und sage mir, in menschliche Abgründe zu schauen, während du bloß zur Unterhaltung liest. »Schön, dass du dich mal wieder blicken lässt.«

Abends ziehe ich mich in mein altes Zimmer zurück, doch statt zu lesen, sehe ich fern, gebannt von den Werbespots, die in der Zeit meiner Abwesenheit angelaufen sind. Am nächsten Morgen entdecke ich den Zeitungsartikel zwischen zerkleinerten Pappkartons, zerknüllt im Altpapier.

(Ich bin wie besessen von dem Wunsch gewesen, endlich von den Herrschenden anerkannt zu werden, dass ich blind ihre Werte übernommen habe. Ohne zu hinterfragen, wie hochnäsig diese eigentlich sind. Das ist einer der Gründe, warum ich euch zu schreiben begonnen habe. Um das gesellschaftliche Urteil umzukehren und irgendwie rückgängig zu machen. Ich habe ihre Herablassung erfahren und an euch weitergegeben. Könnt ihr mir verzeihen?)

Im Februar bringe ich meine Bewerbungsunterlagen zur Post. In Gedanken führe ich Gespräche mit der Prüfungskommission. Ich erzähle ihnen, inzwischen die fünf großen Romane Dostojewskijs gelesen zu haben. In der neuen Übersetzung bekommen die wortreichen Dialoge der Figuren mit ihren unterschiedlichen Sprachregistern eine ganz neue Klarheit und Genauigkeit, höre ich mich sagen. In der alten Übersetzung klangen sie wegen der vielen steigernden Füllwörter noch ausschweifend und umständlich und wirkten beinahe geschwätzig. Auch mein Schreibprojekt habe inzwischen klarere Formen angenommen. Ich verorte es nun gleichzeitig in der Gegenwart und Literaturgeschichte.

Ich spaziere die Eisenbahnstraße entlang, das regennasse Haar am Kopf festgeklebt, und werde von den Scheinwerfern vorbeifahrender Autos geblendet. Durch die beschlagenen Brillengläser verwischen die Umrisse meiner Umgebung. Die zweite Absage festigt eine Gewissheit in mir, die ich nicht länger leugnen kann: Ich habe nicht das Zeug zum Schriftsteller oder zu irgendeiner künstlerischen Tätigkeit. Man will nichts mehr von mir hören – ich bin nicht einmal zum Gespräch eingeladen worden. Ich kaufe drei Flaschen Bier, setze mich alleine auf eine Parkbank und trinke sie im Schutz der Dunkelheit innerhalb von einer halben Stunde aus. Danach ist mir übel, ich stecke den Finger in den Hals und kotze in einen Busch. Alle meine Anstrengungen sind umsonst gewesen.

Ich besorge mir das von Dozierenden des Instituts herausgegebene Buch mit dem Titel *Wie werde ich ein verdammt guter Schriftsteller?*, eine Sammlung von Erfahrungsberichten von Leuten, die am Institut studiert oder gelehrt haben. Ich wundere mich, dass beinahe alle seit früher Kindheit mit dem Literaturkanon vertraut waren, und sich dadurch zum Schreiben animiert gefühlt haben. Ich stolpere über die Begriffe *Begabung* und *Talent* und über den Satz, *Ein sprachlich unbedarfter Mensch wird es nie zu einem literarischen Genie bringen*. Instinktiv habe ich diese Erklärungen abgelehnt im Glauben, alles erreichen zu können, wenn ich mich nur genug anstrenge. Doch jetzt drängen sie sich mir als Gründe für mein Scheitern auf. Ich habe mir in den vergangenen Jahren etwas vorgemacht. Ich kaufe den Erzählungsband eines Dozenten, und gleich auf der ersten Seite stolpere ich über die platte Beschreibung einer Rezeptionistin und bin verwirrt. Das ist gute Literatur?

Auf meiner letzten Suche nach Bestätigung schicke ich meinen Text an verschiedene Literaturzeitschriften. Manche antworten mit standardisierten Absagen, andere reagieren gar nicht erst auf meine Einsendung. Im Gegensatz zum Erfahrungsbericht eines Dozenten habe ich keinen Studienkollegen, der Redaktionsmitglied einer Literaturzeitschrift ist und meinen Text zur Veröffentlichung bringt – neben Alexandre kenne ich nicht mal einen anderen Menschen, der schreibt. Ich lösche alle Textdateien von meinem Laptop, und stelle meine Bücher in Pappkartons auf den Gehweg. Noch am selben Abend hole ich den Karton wieder herein. Durch die Feuchtigkeit haben sich einige Seiten gewellt, aber alle Bücher sind noch da. Ich spüre keine Wut, sondern eine Leere, die ich so bald wie möglich zu füllen beabsichtige.

Ich melde mich bei Tinder an, und nach einigen seltsamen Treffen lerne ich Romy kennen. Innerhalb kurzer Zeit stößt sie mit ihren langen Beinen zwei Mal den Tisch um, an dem wir sitzen, und während wir unsere feuchten Oberschenkel trockenreiben, erzählt sie mir, früh von der Schule abgegangen zu sein und nach einer Ausbildung zur Bühnenmalerin mit einer Erbschaft ihrer Tante als Startkapital eine Bar in Lindenau eröffnet zu haben. »Mein Opa war mal Millionär, dann hat er Steuern hinterzogen und musste ins Gefängnis.« Sonnenstrahlen brechen hinter einer vorbeiziehenden Wolke hervor, ihr Gesicht wird vom schräg einfallenden Licht in einen hellen und einen dunklen Bereich geteilt. »Und auf was für Wege hat es dich so verschlagen?« Obwohl sie mich kaum kennt, scheinen ihr sofort die richtigen Fragen einzufallen, und sie bleibt hartnäckig, auch wenn ich herumdruckse. Bis ich Dinge über mich preisgebe, die ich noch niemandem gesagt habe.

Wir lassen das als Tischdekoration gedachte Grablicht mitgehen, und bei jedem ihrer Besuche in meiner Wohnung zünden wir es an. Wenn das Wachs geschmolzen ist, sagen wir, ist unsere Zeit vorbei. Danach verbringen wir trotzdem jede freie Minute miteinander, und verwundert stelle ich fest, dass ich nicht beziehungsunfähig bin – ganz im Gegenteil gehe ich mit dreiundzwanzig das erste Mal in einem anderen Menschen auf.

Am letzten Sommertag des Jahres schwimmen Romy und ich in einem Steinbruch. Auf dem Weg dorthin machen wir uns über ein Paar lustig, das sich in ihrer identischen Funktionskleidung zum Verwechseln ähnlich sieht.

Als ich später aus der Dusche trete, steht Romy in schwarzem T-Shirt und Boxershorts von mir in der Küche. Sie trägt die gleichen Kleidungsstücke wie ich. Für einen Augenblick erstarrt mein Lächeln. Dann brechen wir in Gelächter aus und fallen uns in die Arme. Ich serviere ihr ein noch in der Alu-Schale schwimmendes Schlemmerfilet, dazu eine Salatmischung aus der Tüte und fertiges Dressing aus der Plastikflasche. Sie stochert mit der Gabel im Salat. »Von so was ernährst du dich?« Sie schiebt den Teller von sich und lacht. »Tut mir leid, aber das kriege ich nicht runter.«

(Mein früheres Ich schimmerte in manchen Momenten weiterhin unter meinem neu entworfen geglaubten Selbst hindurch. Mir stellt sich die Frage: Ist es überhaupt möglich, sich bis zur Unkenntlichkeit zu verändern? Warum sollte jemand das überhaupt wollen? Wann habt ihr zuletzt eine alte Version eurer Selbst hinter euch gelassen, und warum?)

An einem Wochenende bin ich zum Abendessen bei ihren Eltern eingeladen. Im Flur tritt ihre Mutter auf mich zu und neigt den Kopf zur Seite. Ich habe nie zuvor jemanden auf diese Art begrüßt, und statt die Lippen zu spitzen und die Geste bloß anzudeuten, küsse ich sie zu ihrer Belustigung schmatzend links und rechts auf die Wange. »Na, so hat mich ja schon lange niemand mehr begrüßt.«

Häppchen werden gereicht, und wir stoßen mit einem Aperitif an. Romy führt mich durchs Haus und zeigt mir den

Pool im Garten und die Sauna im Keller. Zurück im Esszimmer stellt ihre Mutter eine silberne Schale auf den Tisch, in der auf zerstoßenem Eis gebettete Austern liegen. Servietten werden auseinandergefaltet und auf den Schoß platziert, und ich warte darauf, zu welchem Besteck die anderen greifen. Ich solle die Austern mit Zitronensaft beträufeln und pfeffern, erklärt Romy mir als Antwort auf mein Zögern, und dann das Fleisch leicht mit der Gabel von der Schale lösen. Ich sehe mich die glibbrige Masse schlürfen, und aus Höflichkeit esse ich noch zwei weitere.

Ihr Vater stellt sich an die Kochinsel, bestreut Crème brûlée mit einer Zuckerschicht und karamellisiert sie zu einer braunen Kruste. Nicht wie bei uns zu ganz besonderen Anlässen einfach mit dem Feuerzeug, sondern mit einem Flambierbrenner. Im Laufe des Abends gebe ich auf die Fragen ihrer Eltern nur einsilbige Antworten und stelle kaum eine Gegenfrage.

Meine Tage auf dem Fahrrad sind zur Routine geworden. Jeden Morgen mache ich meine Apothekenrunde, halte mittags am Konsum und verbringe den Nachmittag mit den Lieferungen vom Zoo. Ich fahre durch die Stadt, ohne meine Umgebung wahrzunehmen, und halte an den immer gleichen Adressen, ohne Erinnerung, wie ich dorthin gekommen bin. Jeder Kilometer ist eine Last. Abends betrinke ich mich bei einem Joint mit Jeremie und Albano oder schaue mit Romy Filme an. Ich spüre weiter eine Leere, die Freundschaften und Beziehung nicht zu füllen imstande sind.

Ich drücke mein Handy ans Ohr und lausche der Stimme von Alexandre. »Was soll ich sagen, ich arbeite jetzt bei einem großen Versandhändler, stehe acht Stunden am Tag im Studio und fotografiere Kleidungsstücke. Echt der Brüller, sage ich dir.« Eigentlich wäre er gerne in den Kongo gereist, um seinen Wurzeln nachzuspüren und daraus eine Fotostrecke zu machen. Aber der Job sei gut bezahlt, und damit ließen sich halt die Rechnungen bezahlen. »Jetzt bin ich wohl einer von den Schissern geworden, über die ich mich immer lustig gemacht habe, was?« Seine Stimme klingt brüchig, und ich stelle mir vor, wie er am Schreibtisch sitzt, auf seinem gläsernen Aschenbecher eine glimmende Zigarette. »Und, wie läuft es bei dir?«

Aus einem Impuls heraus bewerbe ich mich auf den Studiengang Allgemeine und Vergleichende Literaturwissenschaft an der Goethe-Universität in Frankfurt. Wenn ich schon nicht selber schreibe, dann will ich doch zumindest berufsmäßig lesen – in der vagen Hoffnung, mit einem Universitätsabschluss vielleicht den prekären Arbeitsverhältnissen zu entkommen. Es gibt keine Zugangsbeschränkung, und einen Monat später erhalte ich die Zusage. »Warum willst du auf einmal doch studieren? Ich dachte, dir ist das auch nicht so wichtig.« Romy wuschelt mir durchs Haar. Ich tue so, als wäre ich in das vor mir aufgeschlagene Buch vertieft, und sie liest kurz über meine Schulter mit. »Wollen wir nicht noch an den See fahren?« Ich wende mich ab und sage ihr, sie solle doch mal mehr lesen. Wir einigen uns darauf, dass ich das Studium nicht antreten werde, wenn ich bis Oktober keine Wohnung gefunden habe.

In meiner Mittagspause entdecke ich eine Wohnungsanzeige auf Kleinanzeigen. Ich wähle die Nummer einer Maklerin.

»Was machen Sie denn überhaupt, also was machen Sie beruflich«, unterbricht sie mich mitten in der Begrüßung. Ich sage ihr, dass ich zum Studieren herziehen wolle. »Ach ein Student, warum sagen Sie das denn nicht gleich!« Ihre Stimme schlägt um und überschlägt sich beinahe vor Freundlichkeit. »Was studieren Sie denn Schönes?« Ich sage ihr, dass ich Literatur studieren wolle. »Wie schön! Ich setze mich in meiner Freizeit ja auch viel mit Kunst und Kultur auseinander, gehe ins Museum und stelle mich am Wochenende an die Staffelei. Letztens habe ich einen Roman angefangen, einen richtigen Wälzer, wie heißt der noch gleich, diese Geschichte mit dem Wal?« »Moby Dick, meinen Sie?« »Ach ja, genau. So ein angehender Literaturstudent weiß das natürlich auf Anhieb. Und Ihre Eltern, was machen die beruflich, wenn ich fragen darf? Im Haus wohnt ein emeritiertes Professorenehepaar, denen ist es wichtig, dass jemand Vernünftiges einzieht. Muss ja auch passen, nicht wahr?« »Mein Vater ist Anwalt«, höre ich mich sagen. »Meine Mutter arbeitet in derselben Kanzlei, meine Eltern haben sich dort kennengelernt.« »Ach, das ist doch eine schöne Geschichte! Ich notiere mir gleich mal Ihre Nummer. Zum Oktober wollen Sie einziehen, richtig?«

(Vor einer Beerdigung habt ihr mir einmal gestanden, ihr hättet in der Familie erzählt, ich studiere jetzt an einer Filmhochschule. Weniger um euch damit zu brüsten, als die Schmach abzuwenden, ich hätte mit Mitte zwanzig meinen Weg noch immer nicht gefunden.

Ich weiß nicht, wie es euch damit geht, aber mittlerweile schäme ich mich dafür, euch verleugnet zu haben. Ich schäme mich für meine Scham.)

Jeremie und ich kämpfen uns durch das Gestrüpp zur Rückseite der ehemaligen Karl Krause Fabrik. Wir zwängen uns durch ein hinter einem vorgeschobenen Pappkarton verstecktes Loch in der Mauer. Über die staubige Halle gelangen wir zur Treppe, unsere Schritte hallen durch das leer stehende Stockwerk.

Auf der Aussichtsplattform baut Jeremie einen Joint, zückt sein Feuerzeug und zündet das überstehende Papier an. Die Flamme tänzelt hoch bis zum Ende und erlischt. Er führt den Joint zum Mund, schirmt den Wind mit seiner vorgehaltenen Hand ab. Sein Gesicht wird in flackerndes warmes Licht getaucht. »Traurig, dass alle wegziehen. Albano zurück nach Spanien, Melodie für ihre Ausbildung nach Kanada und Jorrit bald zu Sarah nach Berlin.« Die kühle Morgenluft lässt meinen Körper erzittern. Ich ziehe an den herabbaumelnden Bändern meines Pullis. Die Kapuze strafft sich enger um meinen Kopf. Jeremie reicht mir den Joint. Ich nehme einen Zug und lasse den Blick schweifen. Im Osten färbt die aufgehende Sonne den Horizont orange, und je höher man blickt, verblasst die Farbe und wird zunehmend kälter. Bis sie im Westen in die Nacht übergeht, wo der Uniriese am Himmel thront und mit seiner sichelförmigen Spitze aussieht wie Jeremies abgebrochener Schneidezahn. »Und jetzt haust du auch bald ab.« Ich nicke, und Jeremie und ich blicken in entgegengesetzte Richtungen.

Zwei Wochen später setze ich mich in den Zug nach Frankfurt. Die Maklerin wartet vor dem Haus, führt mich die Treppe hinab. Sie trägt pastellfarbene Kleidung, und die langen Haare wippen im Rhythmus ihrer Schritte. Ich denke, dass sie mir zuerst das Kellerabteil zeigen will, doch am Ende eines schmalen Flurs zückt sie einen Schlüsselbund. »Im Sommer haben Sie es schön kühl hier im Souterrain.« Sie betritt die Wohnung und zieht die Vorhänge auf, ohne dass es wirklich heller wird. Wir schieben uns in das mit dunkelgrünen Fliesen gekachelte Badezimmer. »Um die Wanne hier kümmert sich der Hausmeister selbstverständlich noch.« Sie pult an den Rändern der abgesplitterten Farbe. In der Kochnische dreht sie an den Reglern der Platten. »Hier können Sie sich dann abends immer was zaubern.« Sie lacht etwas zu laut. »Habe ich Ihnen den Mietpreis eigentlich schon am Telefon genannt? Fünfhundertneunzig, die Maklerprovision beträgt zuzüglich Mehrwertsteuer drei Monatsmieten – kalt natürlich.« Ich sage ihr, dass ich mich vorab erkundigt hätte, und die Provision meiner Recherche nach eigentlich vom Vermieter zu tragen sei. Ihre Miene verfinstert sich. »Na dann viel Glück, Herr Ott, dass Sie in dieser Stadt was Vergleichbares finden.« Es ist Mitte September, und ich habe nichts anderes in Aussicht. Ich reiche ihr die Gehaltsabrechnungen, die ich in den vergangenen Nächten mit einem Bildbearbeitungsprogramm gefälscht habe. Sie begutachtet die Unterlagen und nickt. »Prima, dann steht Ihrem Einzug ja nichts mehr im Wege.«

Romy entfaltet einen Umzugskarton, klappt die kurzen Enden um und schiebt die länglichen Teile durch die Öffnung ins Innere, wendet den Karton und drückt sie am Boden fest. Ich reiche ihr einen Bücherstapel. »Danke für deine Hilfe.« Sie nimmt den Stapel entgegen und schichtet die Bücher in den Karton, legt zusammengelegte Kleidungsstücke darauf. Ich reiche ihr einen weiteren Stapel, aber diesmal streckt sie nicht die Hände aus, sondern schaut mich bloß an.

»Wie stellst du dir das eigentlich vor? Ich meine, du hast bis heute nicht ein Wort darüber verloren, wie es mit uns weitergeht. Seit fast einer Woche weißt du ja, dass du wegziehst.«

Drei Tage später hole ich den Transporter ab, und Romy packt die letzten Sachen zusammen. Jeremie, Melodie und Benza helfen mit. Als wir alles eingeladen haben, umarme ich Jeremie. Bei meiner Abschiedsparty schimmerte unter blitzenden Stroboskoplichtern eine Tränenspur auf seiner Wange.

Ich setze den Miettransporter die abschüssige Einfahrt zurück. Durch Handzeichen signalisiert ihr mir den verbleibenden Abstand zur Parklücke, und bringt mich mit Winken zum Halten. Durch den Außenspiegel sehe ich, wie eure Körper in rotes Bremslicht getaucht werden. Als ich ausgestiegen bin, stehen wir uns gegenüber, unschlüssig, ob wir einander mit einer Umarmung begrüßen sollen oder nicht. »Schön, dass du uns diesmal Bescheid gesagt hast.« Ihr tragt die mitgebrachten Lebensmittel in die Wohnung, verstaut Milchkartons und Pfefferrandsalami im Kühlschrank. Ich sage euch, dass ich kein Fleisch mehr esse und statt Kuhmilch nur noch die aus Hafer trinke. »Aber Käse isst du schon noch, oder?« Während wir uns die Umzugskartons reichen, entdeckt ihr das in die Haut eingestochene Motiv auf der Innenseite meines Oberarms, und haltet plötzlich inne. »Seit wann bist du tätowiert?«

Am schmalen Esstisch stochere ich mit der Gabel im Nudelsalat, sortiere die rosa Fleischwurststücke aus. Meine Nachbarn bleiben am Fenster stehen, unterhalten sich im Halbkreis stehend und beobachten uns beim Essen. Sie verschwinden erst, als ich vor ihren Augen scheppernd die Rollos runterlasse. Ihr fragt mich nach dem BAföG-Antrag und ob ich mit dem bewilligten Geld über die Runden komme. »Mit einem Nebenjob sollte es passen.« Ihr nickt. »Freut uns, dass du deinen Weg endlich gefunden hast.«

Mitte Oktober besuche ich meine erste Vorlesung. Ich spaziere über den weitläufigen Campus, vorbei an würfelförmigen Gebäuden, deren Fassade mit Kalksteinplatten verkleidet ist. Im überfüllten Hörsaal tritt ein ergrauter Mann ans Pult. Seine Anzugshose staut sich knitternd an seinen Knöcheln. Auf die großflächige Leinwand wird eine PowerPoint projiziert, und er klickt sich durch die Folien. In den Reihen vor mir gleiten Hände über MacBook-Tastaturen, tippen die routiniert vorgetragenen Inhalte in Textverarbeitungsprogramme. »Gibt es Fragen? Falls ja, stellen Sie diese bitte jetzt.« Aus der anonymen Menge schnellen Arme in die Höhe, meine Kommilitonen wollen die Anzahl der Creditpoints und den Klausurtermin erfahren. Um mich herum wird auf die ausklappbaren Tische geklopft, und im kollektiven Bewegungsschwall werde ich zur Tür gedrängt.

Mithilfe meiner Kontakte in die Szene finde ich einen Job als Fahrradkurier. An meinen freien Tagen schlängele ich mich vorbei an Fußgängern und Autos, laufe durch glänzende Eingangshallen, meine metallenen Schuhplatten klackern auf den Marmorböden. An der Rezeption spreche ich mit aufgetakelten Empfangsdamen, die mir einen Besucherausweis ausstellen, mit dem ich durch die Schranken zu den Aufzügen gelange. Manchmal lässt das Sicherheitspersonal die Lieferungen durch einen Scanner laufen, um sicherzugehen, dass ich keine Bombe ausliefere. In meiner Funktionskleidung stehe ich verschwitzt zwischen den Anzugträgern, deren Armbanduhren an ihren Handgelenken funkeln, und fahre in verspiegelten Kabinen geräuschlos durch die Etagen. Ich liefere Umschläge oder Aktenordner an mit Teppich ausgelegte Anwaltskanzleien. Durch die Fensterfront erhasche ich aus den zweistelligen Stockwerken einen Blick über die unter mir liegende Stadt. Die Aufträge sind besser bezahlt, und indem ich Lieferungen miteinander kombiniere, verdiene ich sogar relativ gut.

»Ist ja gar nicht so schlimm hier, wie ich gedacht habe. Nach dem, was du erzählt hast, dachte ich wirklich, du wohnst in einem Kellerabteil.« Romy tritt sich die Chucks von den Füßen, lässt ihren Rucksack auf das Sofa fallen, inspiziert Küche und Bad. Wir gehen in die Mensa und essen auf der Terrasse des Casinos zu Mittag. »Schon ganz schön hier, gibt hässlichere Universitäten.« Wir haben beschlossen, einander alle zwei Wochenenden abwechselnd zu besuchen. Die Zugfahrt dauert nur etwa drei Stunden, und bei rechtzeitiger Buchung kostet der ICE ohne Umstieg selten mehr als zwanzig Euro. Die Kosten wollen wir uns teilen.

In den Seminaren begegnen mir Namen, die ich gehört, deren Texte ich aber nie gelesen habe. Um das stillschweigend vorausgesetzte Wissen zu bewältigen, das die meisten bereits zu beherrschen scheinen, verbringe ich mehrere Stunden in der Woche im Lesesaal, über Bücher zu Strukturalismus und Erzähltheorie, Hermeneutik und Semiologie gebeugt. Dabei stecke ich das Ladekabel meines sieben Jahre alten Laptops in die Steckdose, um zu Hause Stromkosten zu sparen. Ich lasse ihn zugeklappt und mache handschriftliche Notizen, weil ich mich schäme für das aufdringliche Brummen der Lüftung. Ich lese Foucault, Derrida und Lacan. Lese Kristeva, Barthes, Benjamin und Szondi. Die Bedeutung vieler Sätze bleibt mir auch nach mehrmaligem Lesen verschlossen. Ich habe keine Ahnung von den Ideen und Konzepten, auf die sie sich beziehen. Mit dem Gong packe ich meine Sachen zusammen, stelle mich in den holzverkleideten Paternoster und spaziere in der Dunkelheit nach Hause. An einem Abend sehe ich zwei Füchse über den Campus huschen, ihr Fell schimmert im Mondlicht.

Neben den Sendungen an Anwaltskanzleien fahre ich Visumsanträge zwischen Firmen und Botschaften hin und her. Ich hole Blutproben von Arztpraxen ab und bringe sie ins Labor. Meine Routen führen mich durchs Bahnhofsviertel, wo Menschen in Hauseingängen mit Spritzen und Löffeln hantieren oder in Schlafsäcken mitten auf dem Gehweg liegen. Vor den Bordellen drücken sich Männer mit ins Gesicht gezogenen Kapuzen herum. Die Fenster sind mit Vorhängen zugezogen, aus manchen von ihnen schimmert rotes Licht. Sportwagen mit getönten Scheiben tosen an mir vorbei, aus ihnen plärrt Musik, und im Hintergrund blitzen die Glasfassaden der Bürotürme im Sonnenlicht.

Am Opernplatz treffe ich die anderen Kuriere. Ich versuche mit ihnen ins Gespräch zu kommen, doch anders als in Leipzig stellt sich keine tiefere Verbindung zwischen uns her. Ich bin zu sehr mit anderen Dingen beschäftigt. Ich meide die Treppenstufen der Oper und setze mich zwischen den Aufträgen mit einem Buch auf abgelegene Parkbänke.

Auf das Zeichen einer Tutorin hin schlage ich den Klausurbogen auf. Die Positionen bekannter Philosophinnen und Philosophen werden abgefragt, die ich in den vergangenen Wochen für mein Nebenfach auswendig gelernt habe. Um mich herum raschelt das Papier. Manche schreiben über den Tisch gebeugt die ganzen zwei Stunden lang ununterbrochen, einen

Wecker und Traubenzucker vor sich drapiert. Andere starren in die Luft. Nach zwanzig Minuten verlässt eine junge Frau mit schnellen Schritten und gesenktem Kopf den Saal. Ich schreibe alles auf, was mir einfällt. Die Komplexität der Wirklichkeit wird durch die abstrakten Begriffe zu etwas Greifbarem, gleichzeitig aber auch völlig unwirklich. Danach fühle ich mich leer, als hätte ich das auswendig Gelernte auf dem Bogen zurückgelassen. Meine eigenen Gedanken waren an keiner Stelle gefragt.

(Habt ihr jemals etwas entgegengefiebert, das erstrebenswert scheint, nur um festzustellen, dass es sich als schlechter Scherz entpuppt? Ich habe es euch nie gesagt, aber mir ging es so mit dem Studium. Ich hatte meinen Weg noch nicht gefunden.)

Die Semesterferien verbringe ich in Leipzig. Meine Wohnung habe ich untervermietet, an eine Unternehmensberaterin, die in fünf Jahren mit Erspartem eine Surfschule auf einer Karibikinsel eröffnen will.

In der Deutschen Nationalbibliothek schreibe ich an einer Hausarbeit über die Überwindung romantischer Gemeinplätze in *Madame Bovary*. Um eine möglichst gute Note zu bekommen, zitiere ich die am Institut geschätzten Autoren, obwohl ihre Gedanken mir nicht immer besonders interessant erscheinen. Indem ich gängige Sichtweisen als meine eigenen ausgebe und komplizierte Wörter verwende, die ich bald darauf wieder vergesse, täusche ich ein größeres Wissen vor, als ich tatsächlich besitze. »Das klingt so aufgeblasen«, sagt Romy, nachdem ich ihr einen Absatz vorgelesen habe.

»Bist du allwissend, oder was?« Ich zucke mit den Schultern. »So schreibt man wissenschaftliche Texte.«

Romy sitzt auf dem Sofa in ihrer Wohngemeinschaft, vor sich ihr Handy mit der geöffneten Webseite eines Flugvergleichsportals. »Ich dachte, wir wollten im Sommer zusammen in Urlaub fahren.« Ich erzähle ihr von der Maklerprovision, der hinterlegten Kaution, den Studiengebühren, der wucherischen Miete und den Kosten für die Zugfahrten. »Aber du arbeitest doch nebenbei und meintest, du könntest irgendwie was zurücklegen.« Ich seufze. »Ich habe kein Geld geerbt wie du.« Sie legt das Handy umgedreht auf den Tisch, geht auf den Balkon und schließt die Tür hinter sich. Den restlichen Abend sprechen wir kein Wort miteinander, und die Nacht verbringe ich auf dem Schlafsofa ihres verreisten Mitbewohners.

Gegen Mitternacht erhalte ich eine Nachricht von Alexandre. Er berichtet mir, den Job geschmissen zu haben und auf dem zweiten Bildungsweg sein Abitur machen zu wollen. Danach wolle er Medienwissenschaften studieren und das erworbene Wissen nutzen, um weiter an seinem Projekt zu arbeiten. »Das Ganze soll immer noch um zeitgenössische Dokumentarfotografie im urbanen Raum gehen, aber ich sehe mich da in Zukunft als Kurator, um anderen eine Plattform zu geben. Wenn du verstehst, was ich meine. Davon gibt es viel zu wenig.«

An einem Abend komme ich spät von einem Treffen mit Jeremie zurück. Ich habe den Haustürschlüssel verlegt, versuche Romy über ihr Handy zu erreichen. Ich drücke kurz das Klingelschild, und einige Sekunden später ertönt der Summer. Romy steht im Türrahmen. Ich lächle ihr zu, aber ihre Miene wirkt wie versteinert. »Du weißt, dass hier alle schon schlafen«, flüstert sie. »Oder besser geschlafen haben, Paul ist wegen dir gerade aufgewacht. Habe ihn fluchen gehört.« Sie dreht sich um. In ihrem Zimmer stellt sie mich zur Rede. »Für mich funktioniert das so nicht.« Ich öffne den Mund, ohne etwas zu sagen. Sie zieht die Schultern hoch, lässt sie fallen. »Du musst dich zwischen mir und deinen Freunden und dem Studium nicht entscheiden. Hast du ja schon längst getan.«

Zwei Tage später sitzen wir uns in einer Pizzeria gegenüber. »Kannst du dich noch an den Umtrunk erinnern, mit den Leuten aus deinem Studium? Das habe ich dir an dem Abend nicht gesagt, aber ich habe mich selten so unwohl gefühlt«, sagt Romy. »Die sind alle so zugeknöpft. Das sieht so aus, als würden sie niemals die Kontrolle verlieren wollen, deshalb verkrampfen sich ihre Mundwinkel so, wenn sie lächeln. Von keinem habe ich irgendwelche Zähne gesehen.« Sie lehnt sich über den Tisch und sieht mich an, ihr Gesicht ganz nah an meinem. »Darf ich dir was sagen, so zum Abschied? Du darfst niemals so werden wie die. Und du musst lernen, freier und flüssiger über Dinge zu sprechen, die dir wichtig sind. Versprichst du mir das?«

Im Zug auf dem Weg zurück nach Frankfurt liest ein junger Mann ein Buch mit einem ausgeschnittenen Foto als Cover. Ich ziehe mein Handy aus der Hosentasche und gebe den Titel in eine Suchmaschine ein, bestelle ihn in einer Buchhandlung und hole das Buch gleich am nächsten Tag dort ab.

Mit einem Geodreieck aus Schulzeiten unterstreiche ich Sätze in *Rückkehr nach Reims* und klebe gelbe Haftmarker auf beinahe jede zweite Seite. Mir ist, als würde das Buch zu mir sprechen, als hätte jemand Worte gefunden für meine stummen Empfindungen. Beim Lesen habe ich beinahe körperliche Schmerzen, aber ich kann es nicht aus den Händen legen. Es fühlt sich an, als könne ich mich selbst darin wiederfinden, ein Arbeiterkind, das aus der Provinz in die Großstadt geflohen ist, um sich neu zu erfinden. Mit jedem Umblättern entfaltet sich eine neue Facette. Es beleuchtet, begründet, erklärt alles. Meine Beziehung zu euch, die zwischen uns entstandene Distanz, das Schweigen.

Wochenlang spreche ich mit fast niemandem. Meine Stimme höre ich nur bei kurzen Wortwechseln am Funk oder an den Rezeptionen, meinen seltenen Seminarbeiträgen oder unseren sonntäglichen Telefonaten. Um meiner Einsamkeit zu entfliehen, spaziere ich nachts durch die Stadt. Im Takt meiner Schritte tauchen Kindheitserinnerungen auf, formen sich zu einzelnen Wörtern und dann zu ganzen Sätzen, die ich vor mich her flüstere und im Licht einer Straßenlaterne in ein Notizheft kritzle. Zu Hause tippe ich die Notizen in ein Textverarbeitungsprogramm. Etwas in meinem Schreiben hat sich verändert. Es ist dringlicher geworden, und nachdem ich die Worte aufgeschrieben habe, ändere ich sie kaum noch. Ich schreibe über alles, was ich jahrelang zu verstecken versucht habe. Während ich am Schreibtisch sitze, das Rollo halb runtergelassen, der untere Teil mit Sichtschutzfolie abgeklebt, vergehen Stunden, obwohl es sich anfühlt, als würde die Zeit stillstehen. Ich merke nicht einmal, wie meine Füße auf dem Fliesenboden auskühlen.

Statt Literaturvorlesungen zu besuchen, setze ich mich in Soziologieseminare. Ich höre von den verschiedenen Kapitalsorten nach Bourdieu, und wie eng die Verteilung dieser mit der sozialen Herkunft zusammenhängt, wie sehr es die Position eines Akteurs im sozialen Raum bestimmt. Plötzlich macht alles Sinn. Mein Scheitern ist kein persönliches Versagen oder gar eine Frage mangelnder Begabung, sondern auf meine Mittellosigkeit in mehrfacher Hinsicht zurückzuführen. Auf die eine oder andere Weise habe ich es schon lange gespürt, aber nicht in Worte fassen können. Jetzt besitze ich endlich eine Sprache dafür.

Nach den Seminaren hat die Welt sich vergrößert. Auf einmal glaube ich hinter die Fassade zu blicken, betrachte die aufgeblasenen jungen Männer vor dem Gebäude der Wirtschaftswissenschaften und die schwarz gekleideten Leute im Philosophencafé. Das Schauspiel dieser Theorie ereignet sich vor meinen Augen. Die alltäglichsten Dinge sind nicht mehr natürlich. Haben sich alle schon immer so verhalten, und ich bemerke es erst jetzt?

Ich versuche mich mit meinen Kommilitonen anzufreunden, aber schon nach wenigen Minuten nehme ich nicht länger an ihrem Gespräch teil, sondern werde zu einem Beobachter. Wie in den Seminaren haben fast alle eindeutige Meinungen und verteidigen diese mit Überzeugung. Während ich meine Antworten abwäge und in Gedanken formuliere, reden sie einfach drauflos. Mit der Zeit wird mir klar, dass sie kaum mehr gelesen haben als ich. Es fällt ihnen bloß leicht, ihr bruchstückhaftes Wissen kundzutun – sie genießen es sogar. Sie bewegen sich anders durch die Welt, mein neu erworbenes Wissen verstärkt diesen Eindruck nur. In meiner Anwesenheit müssen sie sich beobachtet und bewertet fühlen, ich muss ihnen vorkommen wie ein Eindringling. Vielleicht sind sie von meinem Schweigen auch eingeschüchtert. Sie erkennen sich nicht in mir wieder, und ich mich nicht in ihnen. Wir bleiben einander fremd.

(Wie habt ihr euch mein Leben vorgestellt? Ich habe nie etwas davon erzählt, dass mich mein Fremdsein nach innen getrieben hat und ich die meiste Zeit allein in einem Zimmer verbracht habe. Ich habe mir auch keine Vorstellung von eurem Leben gemacht. Habt ihr euch in manchen Momenten ebenfalls einsam gefühlt?)

Der Klappentext von *Rückkehr nach Reims* bringt mich auf Édouard Louis, meine Internetrecherchen zu Pierre Bourdieu auf Annie Ernaux. Ein ganzer Kosmos autosoziobiografischer Texte tut sich vor mir auf. Mit jedem Buch, das ich von ihnen lese, entsteht ein seltsames Gefühl von Gemeinsamkeit.

Mit einer Textprobe bewerbe ich mich am Literaturinstitut Hildesheim, von dem ich in einem belauschten Gespräch am Nebentisch in der Mensa gehört habe, und von dessen Existenz ich bis dahin nichts wusste.

An einem verregneten Maiwochenende besuchen wir dich in der psychosomatischen Klinik in der Eifel, Papa. Wir wandern durch die Natur, der Himmel hängt tief über den baumbewachsenen Gebirgszügen. Auf einer Aussichtsplattform erzählst du von deiner befristeten Anstellung bei einer Firma, die Zahnprothesen herstellt. Eine monotone Fließbandarbeit, die du nicht lange ausgehalten hast. »Aber wenigstens war das in der Nähe, nur zwanzig Minuten mit dem Auto.« Danach hast du in der Aromaherstellung gearbeitet, bis du übermüdet von der langen Anfahrt mit einem Gabelstapler gegen ein Rolltor gefahren bist und daraufhin entlassen wurdest. In den Wochen und Monaten danach hast du die Tage gezählt, bis dein Arbeitslosengeld ausläuft und du Hartz IV würdest beantragen müssen. Du hast dein Auto in einer benachbarten Siedlung abgestellt und erst am späten Nachmittag das Haus verlassen. »Was sollen die Nachbarn denn denken? Auf die Schnüffeleien hatte ich gar keine Lust.« In diesem Schwebezustand sind die Tage an dir vorbeigezogen. »Tiefer kann man ja kaum noch sinken. Da muss man schon auf der Straße landen. Aber mach dir keine Sorgen, zum Säufer wird dein Vater nicht.« Auf dem Weg zurück ins Tal löst sich einer meiner Schnürsenkel. Mama und ich bleiben stehen und rufen nach dir, aber du hörst uns nicht. Du siehst dich über mehrere hundert Meter nicht zu uns um. Irgendwann bist du nur noch ein Punkt in der Landschaft.

In einer Gaststätte nippen wir abwechselnd am Kaffee und stochern mit der Gabel im Kuchen. Du inspizierst die Rechnung. »Drei Euro achtundsiebzig für Vater Staat, fürs Vergnügen.« Am sich aufklärenden Himmel die Umrisse eines Regenbogens. »Und mit deinem Studium läuft alles?« Ich nicke. Du siehst mich verschwörerisch an. »Dir fallen doch bestimmt manchmal die Augen vor Langeweile zu, oder?«

In der gemieteten Ferienwohnung spielen wir Mau-Mau, du hast eine Glückssträhne und gewinnst sieben Runden in Folge. Danach schalten wir den Fernseher ein. Wir sitzen um den Bildschirm versammelt auf dem Ecksofa. Als ihr schlafen gegangen seid, entdecke ich auf der Kommode einen Blister mit Tabletten, die du verschrieben bekommen hast. Ich tippe die Namen in eine Suchmaschine und recherchiere ihre Wirkung. Am nächsten Morgen werfe ich einen Blick ins Schlafzimmer. Die beiden Teile des Doppelbetts stehen einen halben Meter auseinander.

(In der Klinik hast du einen Italiener kennengelernt, der dir auch nach eurer gemeinsamen Zeit beinahe täglich auf WhatsApp geschrieben und sich nach deinem Befinden erkundigt hat – im Gegensatz zu mir. Schreibt er dir noch heute, seid ihr weiterhin in Kontakt?)

Für ein Seminar mit dem Titel *Literatur in der Zeitung* verfasse ich eine Lesebiografie. Bevor ich das Dokument ausdrucke, lese ich mir den Text laut vor: *Zum Lesen gekommen bin ich durch meine Mutter. Seit ihrer Jugend ist sie eine leidenschaftliche Leserin, und ich erinnere mich, wie sie an Wochenenden oft mit einem Buch auf dem Sofa saß. Das muss Neugier in mir geweckt haben; ich wollte wissen, worin sie da eigentlich vertieft war. Neben der mit künstlichem Obst dekorierten Glasschale entdeckte ich auf einem der Regalbretter des Wohnzimmerschranks Krimis von Henning Mankell. Mit zehn oder elf nahm ich das erste Mal eins dieser Bücher in die Hand. Bald darauf legte ich mich nach der Schule oft bäuchlings auf die umgeschlagenen Decken ins Bett meiner Eltern oder las nachts heimlich mit einer Leselampe, während meine Eltern schon schliefen. Von der Lektüre sind mir einzelne Bilder in Erinnerung geblieben: eine im Dunst schippernde Fähre, an deren Reling Kurt Wallander nach dem Lösen eines Falls steht und von der er auf das gekräuselte Meer hin-*

ausblickt; ein brennendes Landhaus inmitten karger Felder; das Gesicht der Frau, die er während der Untersuchungen eines ihn nach Riga führenden Falls kennenlernt und in die er sich verliebt. Ich erinnere mich, wie mich meine Mutter vor meinem Vater damals oft Leseratte nannte, ich sei wie sie und würde gerne Bücher lesen, was wohl einen versteckten Seitenhieb auf meinen Vater darstellte, der mit Ausnahme von Fernsehzeitschriften und Artikeln in Illustrierten nicht liest.

Wirklich einschneidende Leseerlebnisse machte ich erst mit Anfang zwanzig. In unserer Sozialwohnung in einer Stadt am Rande des Ruhrgebiets gab es keine bildungsbürgerliche Wand, auf die ich hätte zugreifen und die mir einen ersten Überblick über die Literaturgeschichte hätte vermitteln können; ganz im Gegenteil musste ich mir diesen Überblick mühsam selbst erschließen. Die vor Sinnsuche brennenden Romane Dostojewskijs waren eine große Entdeckung für mich, in denen vor dem Hintergrund der in der Mitte des neunzehnten Jahrhunderts im Widerstreit zur Religion stehenden Wissenschaft die menschlichen Abgründe ausgeleuchtet werden. Oder das Absurde bejahende Universum von Albert Camus. Die Haltung in Der Mythos des Sisyphos *hat mir in schwierigen Phasen meines Lebens geholfen. Neben der Philosophie entdeckte ich vor Kurzem auch die Soziologie für mich. Die Lektüre von Pierre Bourdieus* Die feinen Unterschiede *hat mich meiner Klassenzugehörigkeit bewusst werden lassen. Anschließend las ich* Der Platz *und* Das Ende von Eddy. *Es sind Bücher, die die Gewalt der sozialen Welt aufdecken und beschreiben, wie sehr die soziale Herkunft den Lauf eines Lebens bestimmt.*

Am nächsten Tag betrete ich wie verabredet das gläserne Gebäude der FAZ und melde mich an der Rezeption. Ein paar Minuten später kommt der Dozent mir entgegen. Er begrüßt mich mit einem freundlichen Handschlag, und wir unterhalten uns über meine Zukunftspläne. Ich berichte ihm von der Einladung zur Eignungsprüfung. »Ich drücke die Daumen! Aber wäre auch schade, wenn wir Sie an Hildesheim verlieren würden.« Auf seinem Gesicht ein ermutigendes Lächeln.

Mit halbmondförmigen Schweißflecken unter den Achseln betrete ich den Kulturcampus, eine sanierte Burganlage, von Feldern und Wiesen umgeben. Im Gebäude des Literaturinstituts sitze ich mit anderen Bewerbern an zusammengeschobenen Tischen. Mir wird ein ausgedruckter Text zugeteilt, ein Auszug aus *Vor dem Fest* von Saša Stanišić, den ich innerhalb einer halben Stunde lesen und mir dazu Notizen machen soll. In einem Seminar in Frankfurt ist bereits ein anderer Roman desselben Autors besprochen worden, und ich schreibe alles auf, was mir daraus in Erinnerung geblieben ist. Ich lege mir Sätze zurecht.

In einem Raum im ersten Stock spreche ich mit den Prüfern über Form und Inhalt. Über die aufgeräumte Syntax eines nicht muttersprachlichen Autors, der auf Deutsch schreibt. Wir sprechen über mein eigenes Schreibprojekt. »Das ist schon spannend, wie Sie das Verhalten Ihrer Eltern sezieren. Besonders gefallen haben uns die Beobachtungen über das Smartphone, wie es mit zeitlicher Verzögerung auch in ihr Leben Einzug erhalten hat. Spannend fanden wir auch die Beschreibungen, wie Sie bei Besuchen selbst in alte Muster zurückfallen.« Ich nicke. »Haben Sie vielen Dank, wir melden uns dann Anfang nächster Woche bei Ihnen.«

(Ich hatte noch nicht verstanden, dass über euch zu schreiben voraussetzt, euch beschützen zu müssen. Dass euch in einem wenig schmeichelhaften Licht darzustellen bedeutet, Vorurteile zu verfestigen, mit denen ich euch nicht gerecht werde. Dass ich mich nicht für meine Benachteiligungen bemitleiden darf, stattdessen die Gewalt der sozialen Welt aufdecken muss. Und mich immer auch als möglichen Unterdrücker sehen muss.)

Ich sitze auf einer weiß lackierten Holzbank an Deck einer Fähre nach Borkum. Über meinem Kopf kreist ein Möwenschwarm, die Schreie werden durch die Windböen mal laut hörbar zu mir getragen, mal stumm aufs Meer getrieben. Ich ziehe mein Handy aus der Hosentasche, und auf meinem Display erscheint eine E-Mail. Ich überfliege den Text, bis ich bei folgendem Satz ankomme: *Wir freuen uns, Sie im kommenden Wintersemester hier bei uns begrüßen zu dürfen.* Ich drücke meinen Rücken so fest gegen die Lehne, bis meine Wirbelsäule schmerzt. Wolkenformationen türmen sich am Himmel auf, massiv und strukturiert wie Felsen. Ich warte auf ein Glücksgefühl.

Über ein Wochenende hast du mich zum Urlaub eingeladen, Mama. Als ich ankomme, hast du bereits die Insel ausgekundschaftet. Du führst mich zu einem Imbiss in einer Seitenstraße. »Hier ist es fast zwei Euro günstiger als sonst überall.« Wir essen Backfisch mit Remoulade und Pommes, und ich berichte dir von meiner Bewerbung, der Eignungsprüfung und der Zusage. »Und was ist mit deinem anderen Studium, hast du das jetzt umsonst gemacht?« Du schaust von deinem Teller auf. Ich sage dir, dass ich mir Dinge anrechnen lassen kann, die Leistungen also nicht verloren gehen. »Das wusste ich gar nicht, dass das geht. Na dann meinen Glückwunsch. Genau das wolltest du ja immer machen, oder?« In den folgenden Tagen bummeln wir durch Geschäfte, spazieren am Strand entlang, leihen uns Fahrräder und umfahren die Insel. Wir füllen die Stille zwischen uns mit Aktivitäten.

(Ich habe bekommen, was ich wollte, aber letztlich ist die Freude darüber ausgeblieben. Der Weg ist zu steinig gewesen.)

Dort stehst du, Mama. Ich erkenne dich bereits aus der Ferne, wie du leicht auf den Zehenspitzen stehst und deinen Blick durch die Menschenmenge schweifen lässt. Deine mit Haarspray in Form gebrachten, rot getönten Haare. Deine zierliche Statur. Es ist Weihnachten oder Ostern oder einer unserer Geburtstage, und du siehst mich inmitten der Aussteigenden erst, als ich aus der abendlichen Dunkelheit ins helle Licht der Neonröhren trete. Unsere Blicke treffen sich. »Da bist du ja! Ich dachte schon, ich hätte dich verpasst.« Wir umarmen uns, ich spüre deine glühende Wange an meiner. »Wie war die Zugfahrt, hast du einen Sitzplatz bekommen?« Wir gehen nebeneinander die Treppe hinab, und durch die Unterführung zu den angrenzenden Parkplätzen.

Unsere Beziehung besteht aus diesen Momenten der Rückkehr. Seit Papa und du euch getrennt habt, hast du Dinslaken verlassen und bist in eine andere Stadt gezogen. An einen Ort, der mich an nichts erinnert. Du hast dir einen Bekanntenkreis aufgebaut und eine neue Arbeit gefunden. Deine Kollegin und du habt euch miteinander angefreundet, gelegentlich macht ihr euch kleine Geschenke. Doch du verdienst zu wenig, um über die Runden zu kommen, und musst mit einem Nebenjob aufstocken.

Obwohl wir uns weiterhin selten sehen und unsere Gespräche manchmal ins Stocken geraten, sind wir irgendwie vertrauter miteinander. Etwas hat sich verändert, seit ich über uns zu schreiben begonnen habe. Wenn wir telefonieren, glaube ich aus deiner Stimme gelegentlich ein Erstaunen herauszuhören über mein erwachtes Interesse an deinem Leben.

Lange Zeit dachte ich, ihr könntet mir nichts beibringen. Ich habe es als Mangel empfunden, dass ihr nicht viel von dem versteht, was ich mir angeeignet habe. Und wenn ihr mir doch einmal etwas vermitteln wolltet, habe ich es in meiner Arroganz zurückgewiesen. Das Fernsehen, unsere Ausflüge ins Möbelhaus, die Begeisterung für Fußball – ich habe alles als banal abgestempelt. Ohne zu sehen, dass all das auch Schönes enthielt. Ohne zu verstehen, dass ihr systematisch von etwas ausgeschlossen wurdet, zu dem ich mir beinahe gewaltsam Zugang verschaffen musste.

Ich weiß nicht, wie ich es weniger kompliziert ausdrücken soll: Ich vollzog eine Umwertung aller Werte und machte mir blind die Bewertungskriterien der gebildeten Welt zu eigen. Sie zwang mir die Gewalt der sozialen Welt auf, und ich gab sie unhinterfragt an euch weiter. Sie infizierte unsere Beziehung. Bis zu dem Punkt, an dem ich dachte, unsere Geschichte wäre nicht erzählenswert.

Durch euch habe ich verstanden, wie hässlich die Welt funktioniert. Dass es gängige Praxis der Herrschenden ist, auf Unterlegene herabzublicken, um ihre Position in der Gesellschaft zu rechtfertigen und sich als etwas Besseres zu fühlen. Dass sie es lieben, Argumente zu verdrehen und Tatsachen zu relativieren, wie es ihnen gerade passt, um sich nicht mit unangenehmen Wahrheiten auseinandersetzen zu müssen. Dass sie niemals auf die Idee kommen würden, ihre Privilegien zu hinterfragen, weil sie sich nur zu gerne einbilden, alles allein ihrer eigenen Anstrengung zu verdanken zu haben. Durch euch habe ich gelernt, ihre Werte infrage zu stellen, die sie gerne als allgemeingültig verstanden wissen wollen.

Auf den ersten Seiten dieses Buchs habe ich geschrieben, ich sei aufgebrochen, um in eine andere Welt überzuwechseln. Das glaube ich noch heute. Aber es ist nicht die bildungsbürgerliche Welt, wie ich damals dachte. Ich bin von dem Platz ausgebrochen, den die Gesellschaft mir bei der Geburt zugewiesen hat, aber nirgendwo angekommen. Ich bin weder aufgestiegen, noch irgendetwas entkommen. Die Wahrheit ist, ich habe Angst vor der Ungewissheit meiner Zukunft, weil Bildungsabschlüsse einen nicht weit bringen. Dabei wolltet ihr, dass ich es eines Tages besser habe als ihr. Habt ihr damals geahnt, dass genau dieser Wunsch uns auseinanderbringen würde?

Unsere Geschichte ist die Geschichte einer Entfremdung. Es ist auch die Geschichte meines Wandels. Und die Geschichte meines Wandels ist die Geschichte einer Anpassung. Es ist auch die Geschichte der inneren und äußeren Widerstände, die sich gegen meinen Wandel mobilisiert haben. Und weiterhin mobilisieren. Das ist das Schöne am Schreiben, wisst ihr? Manchmal kommt dabei etwas zum Vorschein, das so gar nicht geplant war.

Ein Eingeständnis: Ich bin gescheitert. Ich habe die Brücke zu der Welt, aus der ich stamme, fast vollständig einreißen lassen. Auf meinem Weg habe ich etwas zurückgelassen, das nicht wiederzubringen ist. Ein tiefes Gefühl der Zusammengehörigkeit. Ein symbiotisches Einverständnis, um es in meinen neuen Worten zu sagen. Eine Ungezwungenheit, mich durch die Welt zu bewegen und an ihr teilzuhaben. Erst später habe ich begriffen, dass die Beziehung, die ich zu euch habe, ein Spiegelbild der Beziehung ist, die ich zu mir selbst habe.

Papa, wie ich hast du dich der wachsenden Entfremdung zwischen uns ergeben. Unsere Kommunikation beschränkt sich auf kurze Nachrichten, die wir uns alle paar Monate über WhatsApp hin und her schicken. Es sind die Reste eines schwindenden Austauschs.

Seit eurer Trennung ist meine Beziehung zu dir weiter abgekühlt. Während Mama und ich uns bemüht haben, den Kontakt aufrecht zu halten, und weiterhin jeden Sonntag miteinander telefonieren, haben wir es gar nicht erst versucht. Wir sehen uns nicht öfter als zwei Mal im Jahr für wenige Tage. Das tägliche Erleben und die Veränderungen in unseren Leben entziehen sich unserer Kenntnis. Vieles über dich weiß ich bloß, weil Mama es mir erzählt. Mein Lebensweg ist für dich seit geraumer Zeit wohl nicht mehr nachvollziehbar. Wünschst du dir einen anderen Sohn als mich? Jemanden, der in unmittelbarer Nähe wohnt, mit dem du eine Sprache sprichst und dich ungezwungen austauschen kannst?

Das eine Mal, als du mir zur Begrüßung die Hand entgegengestreckt hast. Ein Händeschütteln wie unter Fremden.

Ich stecke in der Vergangenheit fest, weil wir keine gemeinsame Gegenwart haben. Ich versuche nicht, dich zu erreichen. Ich bin damit beschäftigt, dich zu verstehen.

Bei unseren samstäglichen Streifzügen lässt du dich zurückfallen und kommentierst meinen federnden Gang. Du ermahnst mich, meine Füße abzurollen und nicht auf meinen Zehenspitzen zu gehen. Bemäkelst meine Haltung. »Lauf doch mal vernünftig. Schultern zurück, Brust raus. Hast du einen Buckel, oder was?«

Während der Vierschanzentournee bastelst du mir eine Pappschanze aus alten Kartons und Druckerpapier, die mir bis zur Stirn reicht, und über die ein Mitschüler nur staunt. »Die hat dein Papa gebaut?« Ich nicke stolz und lasse eine Playmobil-Figur in der Hocke den Abhang runterstürzen, öffne die Skier beim Absprung im V-Stil und bringe ihn mit einem Telemark zum Landen.

Ich ziehe einen verwelkten Stiel aus dem Einblatt, das in meinem Wohnzimmer auf der Fensterbank steht, und frage etwas zu deiner neuen Partnerin. Du beugst dich vor, tust es mir gleich und antwortest etwas Einsilbiges, das ich vergessen habe.

Das andere Mal, als dir bei unserer Verabschiedung die Tränen kommen, während du mit mir einschlägst und meine Hand so fest drückst, dass das Blut aus ihr weicht.

Als ich dir erzähle, woran ich arbeite, erwiderst du, ohne genauer nachzufragen: »Willst du nicht lieber was anderes schreiben? Irgendwas, was die Leute auch interessiert. Das ist doch viel zu ausgefallen, wer will denn so was kaufen? Schreib doch lieber Krimis.«

Was will ich dir sagen? Vielleicht, dass ich dich sehe in deinem Kampf mit der Welt. Er lastet auch auf mir, selbst wenn es manchmal nicht den Eindruck macht.

Wir sitzen auf dem Sofa in deiner neuen Wohnung, Mama. Ich berichte dir von den Absagen, die selten wirkliche Absagen waren, sondern ausbleibende Antworten. Überhaupt keine Reaktionen oder nicht gehaltene Versprechen. *Wir melden uns.*

»Wer will schon was über uns lesen«, sagst du. »Hätte ich dir auch gleich sagen können.«

Ich will nicht, dass du so denkst. Also lege ich mein besserwisserisches Lächeln auf, das dir so vertraut sein muss. Es bröckelt sofort. »Alle, die es gelesen haben, hat es berührt«, sage ich etwas zu laut. »Außerdem ist es noch nicht vorbei.«

»Und die Lehrer von der Schreibschule können dir da nicht weiterhelfen? Die schreiben doch auch Bücher.«

Du schaust auf die kleinwüchsige Nordmanntanne, die uns kaum bis zur Hüfte reicht, und ohne meine Antwort abzuwarten, schaltest du den Fernseher stumm, um nicht länger dagegen anreden zu müssen. »Weißt du, ist doch schön, dass du dich mit uns beschäftigst. Papa und ich dachten lange, wir sind dir piepegal.«

Und vielleicht ist es das, worauf es eigentlich ankommt, denke ich. Ich schlucke in die Stille hinein. Euch wissen zu lassen, dass ihr mir nicht piepegal seid.

Du bringst mich zum Gleis. Es ist ein milder Frühlingstag, und der Wind weht mir die Haare ins Gesicht. Wir umarmen uns. Ich steige in den Zug, setze mich auf einen freien Platz, von dem aus wir uns sehen. Als der Zug anfährt, winke ich dir durch die Glasscheibe. Du winkst zurück und bleibst am Bahnsteig stehen, bis ich weggefahren bin.

Dezember 2020 – Juni 2023

© privat

Marco Ott, geboren 1993 in Dinslaken. Studiert derzeit Literarisches Schreiben in Hildesheim. Mit einem Auszug aus seinem Debüt *Was ich zurückließ* wurde er 2021 zur AutorInnenwerkstatt Prosa des Literarischen Colloquiums Berlin eingeladen. Seine Texte erschienen in Zeitschriften und Anthologien.